tredition®

www.tredition.de

www.tredition.de

2019 Schemm Dieter

Verlag und Druck: tredition GmbH, Halenreie,40-44, 55359 Hamburg

ISBN

| | |
|---|---|
| Paperback: | 978-3-7323-4257-0 |
| Hardcover: | 978-3.7323-4258-7 |
| e-Book: | 978-3.7323-4259 4 |

Dieter Schemm

# Erzählungen und Märchen

## Die Schneeflocke fiel vom Himmel

Die Schneeflocke

Es begab sich zu einer Zeit, als die Schneeflocke noch so jung war wie der erste Sonnenstrahl des Morgens. Die Möglichkeit, am Ende des Jahres als weiße Pracht auf die Erde herabzufallen und alles ruhig und still zu machen, schenkte ihr die Hoffnung auf ein bisschen Frieden in der Welt. Immer wieder hörte sie von einem Leuchten in Kinderaugen; von Erwachsenen, die im Herzen jung geblieben waren und von Winterwanderern, die den Zauber ihrer Erscheinung zu schätzen wussten; doch das war es nicht allein. Tief drinnen glaubte die Schneeflocke noch an die unbezahlbaren Momente des Glücks, an die große Liebe, das Gute im Menschen und vor allem an ihren ganz persönlichen Traum!

Auch die anderen Schneeflocken, die in sich eine Bestimmung spürten, sammelten sich irgendwo am Himmel, sahen auf die Erde hinab und konnten es kaum erwarten, ihrer Berufung zu folgen. Selbst die kleine Schneeflocke gab ihren Gedanken eine Stimme und sprach:

„Was glaubt ihr, werden die Menschen uns mögen?"

Eine andere Schneeflocke, getragen von der Poesie, kam ihr ganz nahe, ließ die Berührung zu und meinte:

„Die Menschen, was man so hört hier droben im Himmel, sind verschieden! Manche sehen uns als Plage, andere mögen uns, leider können wir nicht alle zufrieden stellen. Aber wer uns mag, wer mit dem Herzen sieht, der freundet sich mit uns an, lenkt seine Gedanken nach innen, schaut uns in die Seele; selbst wir Schneeflocken haben etwas zu sagen, in unserer feinfühligen und tiefsinnigen Art. Manchmal gibt man uns gar die Hand, und wer das Staunen in sich noch nicht verloren hat, der gewinnt uns manch Gutes ab, freut sich mit uns und weiß uns zu würdigen!"

Die Schneeflocke schaute die anderen Schneeflocken an, bewegte sich wie eine Ballerina und wurde ganz still. Der Wind spielte mit ihr und blies sie wie Blütenstaub hin und her, schob sie leicht zu den anderen. Die Schneeflocke freute sich an diesem sanften Streicheln. Gekonnt wie eine Tänzerin ließ sie sich im Kreis treiben und verlor sich in Raum und Zeit.

"Wie nur werden uns die Menschen behandeln?", fragte die Schneeflocke wenig später eine Ansammlung von fast gleichen Naturgebilden!"

Die Schneeflocken schauten sich an, sprachen miteinander und lauschten den Erfahrungen der anderen, die schon einmal eine solche Reise unternommen hatten. Eine Schneeflocke sprach von einem Jungen, der sich an ihr freute; eine andere von zwei Spuren im Schnee, die zu einer tief verschneiten Berghütte führten; eine dritte von der Möglichkeit des Wintersports; eine andere von der Sorge, dass die Menschen sie falsch verstehen könnten; und eine noch nicht zu Wort gekommene Flocke aus gefrorenem Wasser war ganz schwarz, da Benzin und Diesel ihr das Weiß nahmen. Da beschlossen die Schneeflocken, noch enger zusammenzurücken. Sie taten sich gut, in einer Zeit, wo die Hektik des Alltages und die Einsamkeit der Gefühle zum Spiegelbild der Seele werden. Dann stupste eine Schneeflocke eine andere an, berührte sie und meinte:

„Ich könnte den Menschen nur Freude bereiten, könnte ihnen nur schöne Stunden schenken. Mir wurde oft nahegelegt: Ärgere die Erdenbewohner nicht, tue ihnen nur wohl, passe dich der Gemeinschaft der braven Schneeflocken an, wir Schneeflocken sollten für den Frieden stehen!"

Eine andere Flocke des Winters aus Schnee und Eis überlegte nicht lange, lächelte, wie Schneeflocken lächeln, schmeichelte dem Wind, spielte mit diesem, drehte sich nach rechts und nach links und meinte dann:

„Armer Tropf, wer will schon so sein! Bei mir werden die Reifen der Autos durchdrehen, ich werde mich an Glasscheiben heften, Stürze heraufbeschwören, werde den Menschen die Langsamkeit und das Wesentliche nahebringen und darauf bestehen, dass sie sich mir anpassen und nicht ich mich ihnen!"

Die Schneeflocke wusste nicht so recht, wie sie damit umgehen sollte. Sie war noch so jung, hatte keinerlei Erfahrung mit der Welt da unten und bekam ein bisschen Angst. Eine andere Schneeflocke fühlte dies, eine, die von der Reise zurückgekehrt war und sich nun ausruhen konnte. Ihre Blicke trafen sich. Der Moment hatte beide zusammengeführt, und der Wissensdurst stand der noch so jungen Schneeflocke ins Gesicht geschrieben. Deshalb fragte sie einfach drauflos und lauschte den Ausführungen der anderen Schneeflocke.

„Der Mensch trägt sein eigenes Glück in sich, und manche dieser Kreaturen suchen und suchen und suchen ihr Leben lang, überall und nirgends; irgendwann wissen sie nicht mal mehr, warum und wonach sie überhaupt suchen. Dabei braucht es gar nicht viel, um fündig zu werden; trotzdem schaufeln diese Menschen weiter fleißig an ihrem eigenen Grab, das ist schade, sehr schade!"

Die kleine Schneeflocke sagte kein Wort. Plötzlich sah sie, wie fast alle ihrer Artgenossen sich der Schwerkraft der Erde hingaben. Alles hielt den Atem an und die Stille legte sich wie ein weißes Tuch über das Land.

„Beeile dich, wir wollen den Menschen unsere Zeit schenken und sie auf die Gabe hinweisen, in sich hineinzuhören; nicht nur am Fest der Feste!"

Die kleine Schneeflocke war viel zu neugierig geworden, um jetzt Zeit für eine weitere Frage verschwenden zu wollen und wusste sofort, was sie zu tun hatte. Sie tat das, wovon sie schon immer geträumt hatte; die Schneeflocke fiel vom Himmel!

## Das Engelchen und der Nussknacker

Die Zeit tat Not, so dass das Engelchen immer öfter auf die Erde kam, um nach dem Rechten zu sehen. Das lange, blonde Haar glänzte silbern in der Morgensonne, in seinen Augen lagen Mut und Vertrauen, und ihr Mund war jede Sünde wert. Sein Ruf eilte ihm voraus; und so verlangte man erneut, was man sich von einem Engelchen ersehnt, dass es dem Himmel auf Erden den Weg ebne. Denn irgendwo auf der großen weiten Welt gab es mal wieder eine einsame Seele, die das Fliegen verlernt hatte und die Sonne nicht mehr sah; auf der das Leben Spuren hinterlassen hatte und wo das Glück auf Reisen war.

In den besten Jahren und ohne das erste graue Haar, saß dieser Jemand einsam und alleine im eigenen Zimmer seiner Gefühle und schaute zum wiederholten Male auf Wände und Gläser, hörte viel zu oft nur Nachrichten, in denen es um Mord und Totschlag ging, oder er vergaß immer öfter das Glück des Augenblicks, den Moment, das Jetzt und das hier. Seine Blicke verloren sich in Raum und Zeit, und weder das eigene Ich noch das andere Du bekamen eine echte Chance. Dass in diesem Fall ein Mensch oder ein Engelchen mit menschlicher Wärme und freundlicher Ausstrahlung wie ein Silberstreif am Horizont sein konnte, lag auf der Hand. Ein Anruf, ein Freund oder eine Freundin, jemand der vorbeischaut, einen in den Arm nimmt, einfach nur zuhört, also die einfachen Dinge des Lebens, die nicht mit Geld zu bezahlen sind – der Nussknacker spürte nur, dass dies ein Anfang sein konnte, nicht mehr und nicht weniger. Und so schickte er jeden Abend ein Gebet in den Himmel, umarmte sich selbst und vergrub seinen Schmerz. Was blieb, war das Engelchen, das bei solchen Vorzeichen keinen Feierabend kannte. Tag und Nacht war es im Einsatz, um die verlorenen Seelen auf den Weg zu bringen; und so bekam das Engelchen den Auftrag, jenen Nussknacker von der Last des Alltags zu befreien und ihm die Hoffnung und den Glauben wiederzugeben.

Wind huschte um die Blockhütte am Fuße der Felswand, hoch über dem Tal. Die Nacht kam bereits angebrochen und der Tag neigte sich dem Ende zu. Der Nussknacker lebte dort nach seinem eigenen Wunsch zurückgezogen, fernab von Hektik und Lärm. Oft saß er stundenlang vor der Hütte, schaute einfach nur auf das ewige Eis der Gletscher und verlor sich in seinen Bildern und Träumen der Sehnsucht, die inzwischen viele Spuren und tiefe Gräben in seiner Seele hinterlassen hatten. So blieb alles nur ein Fragment aus Gedanken, Überlegungen und Erkundungen. Vielleicht deshalb blieb jede Felswand so steil wie ein unerfüllter Traum, alles unberührt und einsam, manchmal weit weg, doch oftmals auch nur einen Wimpernschlag voneinander entfernt. Dabei wurden hier oben die Murmeltiere zu Entdeckern von saftigen, von Chemikalien nichts wissenden Wiesen, für Frühaufsteher, Genießer und Freunde der Berge war der Sonnenaufgang hier oben wie eine Tür ins Paradies; aber auch Stille und Einsamkeit gab es hier, die für ihn zur Gewohnheit wurden. Ein Adler auf seinem Horst, dort, wo es am steilsten war, breitete seine Flügel aus und flog, flog mit der Sehnsucht und den Träumen in den Horizont, bis in die Unendlichkeit. Gleichzeitig gaben die letzten Sonnenstrahlen des geschenkten Tages den Felswänden hinter der Hütte einen weinroten Anstrich.

Im Dorf unten im Tal gingen inzwischen die Lichter eins nach dem anderen an, auch in der Blockhütte drang Licht aus einem Fenster. Der Geruch von Kerzenwachs lag drinnen im Raum, schwerer Atem machte sich breit. Schritte waren zu hören. Eine Gestalt zeigte sich am Fenster und schaute nach draußen. Es war der Nussknacker. Doch sein Blick war leer. Nichts, mit dem er die Sehnsucht des eigenen Ichs stillen und dem anderen Du eine

Einladung schicken konnte, nichts, was ihm im Moment ein Lächeln ins Gesicht zaubern konnte. Er drehte sich um und legte sich auf das Bett. Er starrte an die Decke seiner Holzhütte und dachte für sich:

„Die Einsamkeit der Gefühle muss wohl der schlimmste Feind, das größte Gebrechen des Menschen sein!"

Aber warum änderte er nichts an seiner Situation? Hatte er den Schlüssel verlegt; durfte er überhaupt glücklich sein? Alles in ihm zog sich zusammen. Oder war er vielleicht doch zu müde und ausgebrannt, vielleicht hatte er die kindliche Neugier verloren, wer wusste das schon außer ihm selbst und dem Engelchen? Warum nur gab es für ihn trotz all seiner Sehnsucht nach dem Leben tausend Gründe, am Leben vorbeizugehen? Vielleicht stimmte es sogar, was die Leute unten im Tal über ihn sagten; sie meinten, er habe ein gebrochenes Herz. Manchmal dachte er sogar für sich, dass er agieren müsste und das Reagieren anderen überlassen sollte, um in seinem Leben eine Veränderung herbeizuführen. Aber auch die eigene Verantwortung für das eigene Leben übersah und überhörte er immer mehr. Was blieb, war das Göttliche in ihm. Vielleicht wurde es gerade deshalb höchste Zeit, Zeit fürs Engelchen, obwohl selbst das Engelchen wusste; helfen, helfen würde er sich nur selbst können. Aber das Engelchen konnte ihn zumindest wieder auf den Weg bringen, seinen Weg; denn für den eigenen Traum war es ja niemals zu spät, wie das Engelchen immer und immer wieder erfahren durfte. Das Engelchen wusste, wie kostbar es sein konnte, an sich selbst zu arbeiten, in sich hinein zu fühlen, sich auf den Weg zu begeben, den eigenen Weg. Und es war nun mal ihre Bestimmung, dabei zu helfen.

So mühte sich das Engelchen mit den Schatten der Nacht Schritt für Schritt den Steig hinauf, der steil und anstrengend verlief, doch sein Engelsschein leuchtete ihm den Weg und so hatte das Engelchen keine Probleme, zur Hütte des Nussknackers zu finden. Der Nussknacker schien keine Ahnung zu haben, dass sich jemand auf dem Weg zu ihm befand. Als das Engelchen endlich in einiger Entfernung ein Licht sah, wusste es, dass es nicht mehr weit sein konnte. Was der Nussknacker in diesem Moment wohl spürte und fühlte?

Dann verschwand das Licht kurz, und es musste ein wenig die Hände zu Hilfe nehmen, bis der Weg wieder weniger steil wurde. Dann tauchte erneut das Licht auf und nach einigen Minuten, in denen es eben weiterging, konnte das Engelchen die Umrisse der Hütte klar vor sich erkennen. Es nahm nun seinen

Engelsschein ganz zurück. Als es einige Meter vor der Hütte des Nussknackers stand, blieb es kurz stehen.

Was gab es zu tun, was gab es für sie zu tun? Sie war nur ein Engelchen mit menschlichen Zügen, nicht mehr und nicht weniger. Daraufhin trat das Engelchen auf leisen Sohlen an die Türe und klopfte dreimal kräftig mit dem Eisenring, der an dieser befestigt war. Leichter Wind und die Kühle des Abends streichelten ihren Nacken. Sie wartete, wartete und hoffte. Dann hörte sie Geräusche, die eindeutig aus dem Haus kamen. War er es? Vielleicht hatte der Nussknacker die Hoffnung doch noch nicht ganz verloren. Doch würde er öffnen? Momente verstrichen, ohne wiederzukehren. Dann ging die Türe endlich auf, ein alt wirkender Mann stand vor ihr und es bedurfte keiner Worte, um in seine Seele zu blicken. Der Blick in den Augen konnte nicht trügen; die Augen waren zu ehrlich, um zu lügen, und die Sorge zu nah, um zu verschwinden. Die Zeit schien für ihn rückwärts zu laufen und die Zukunft kannte bei ihm wohl kein Ziel.

„Ich möchte dir helfen, deinem eigenen Ich und deinem anderen Du!"

Er schaute sie etwas ungläubig an, hatte aber sofort gespürt, dass ihre Worte von Herzen kamen. Er mochte sie bereits jetzt und verschickte trotzdem keine Einladung. Er lächelte sie an und brachte es trotzdem nicht fertig, sie hereinzubitten. Sie war ihm nicht böse, daher kam sie ihm zu Hilfe:

„Willst du mich nicht hereinbitten?"

Der Nussknacker presste die Lippen aufeinander. Warum er? Und dann diese Wärme, diese Aura, dieser Zauber des Augenblicks. Er brachte noch immer kein Wort heraus, er stand nur mit offenem Mund da und blickte auf das Engelchen.

„Brauchst du was, damit ich eintreten darf?"

„Zwick mich, dass ich weiß, dass du echt bist!"

Das Engelchen gab ihm einfach nur einen Kuss auf beide Wangen. Zwar hätte es das vielleicht gar nicht mehr gebraucht, aber es tat ihm trotzdem sehr gut. Dabei spürte sie seinen unregelmäßigen Herzschlag; sie öffnete für ihn den Moment des Glücks. Es kam zu einer Begegnung, einer Begegnung zwischen seinem eigenen Ich und seinem anderen Du. Als wäre er ein Staubkorn, das einen Lichtstrahl auffängt. Und so entspannten sich die Gesichtszüge des Nussknackers, so dass er schließlich sein Herz in beide Hände nahm und meinte:

„Dann tritt ein und sei mein Gast!"

Sie trat in den Raum, der nicht verlassen aber irgendwie auch nicht bewohnt wirkte und schloss die Türe hinter sich. Dann schaute sie sich um. Eine Öllampe brannte auf dem Holztisch mitten im Zimmer; ein Stuhl stand daneben; auf zwei von vier Regalen züngelten Kerzen vor sich hin.

Wohnzimmer, Schlafzimmer und Küche waren wohl ein einziger Raum, und ihre Blicke gingen zwischen dreckigem Geschirr, fehlenden Möbeln und kahl wirkenden Wänden hin und her. Ein wenig Glück suchte sie hier zwischen aufgegebenen Träumen und vergessener Wirklichkeit vergebens. Das Bild an der Wand hatte keine Farbe; das Matratzenlager, wo er vermutlich schlief, wenn ihm wieder einmal alles zu viel wurde, hatte kein Daunenbett; im offenen Kamin brannte kein Feuer; und selbst die Blumen in der Vase auf einer Kommode an der Wand ließen die Köpfe hängen. Schatten standen wie stumme Zeugen im Raum. Dann spürte sie den Atem des Nussknackers, der Sekundenbruchteile später neben ihr stand.

Worte hingen in der Luft wie Spinnweben in den Zimmerecken, als sich sein Brustkorb leicht hob. Er schluchzte und fing an zu weinen, ließ sich fallen, fallen in sein Gefühl. Sein Blick sagte all das, was er wie ein leises Lied in sich spürte; um Tränen zu verstehen, braucht es weder Geld noch Nachhilfe, nur Gefühl. Mit einem Schluchzen in der Stimme brachte er seine Frage heraus:

„Wer bist du wirklich? Ein Engelchen auf Erden oder mein Himmel des Lebens? Ich war heute schon den ganzen Tag ungewöhnlich unruhig, wusste aber nicht, warum. Sag, wie willst du mir helfen, wie nur, und was darf ich tun, was nur? Ich habe so viele Fragen an dich, so viele Gedanken, die ich nicht ordnen kann!"

„Immer der Reihe nach. Wir haben Zeit – Zeit, so lange du willst."

Er zog die Mundwinkel auseinander und begann schüchtern zu lächeln. Warum gerade er! Hatten es andere nicht mehr verdient, wie nur kam sie auf ihn? Doch was wäre, wenn sie ihn nicht verstehen würde? Seine Frau war ja schon lange tot und Kinder hatten beide nicht gehabt, obwohl sie immer welche wollten. Und jetzt das! Eine Träne rann ihm über die Wange. Der Nussknacker ging zum Stuhl am Tisch, setzte sich darauf und schaute sie mit flehenden Augen an. Er saß nur da und hoffte, sie würde keine Fragen stellen. Vorerst tat sie das auch nicht; der erste Eindruck vom Zuhause des Nussknackers sagte ihr genug. Dann sprach er zu ihr:

„Setz dich, ich hoffe, ich darf du sagen; willst du Kaffee, soll ich dir einen zubereiten?"

Das Engelchen schaute ihn an. Dann sagte sie:

„Nein danke; erzähl mir von dir, damit hilfst du mir mehr!"

Der Nussknacker fuhr sich mit den Händen durchs Haar. Was sollte er sagen, die Wahrheit? Die Wahrheit wäre ein erster Schritt, und kein angenehmer! Die Kälte im Raum kroch einem schon nach kurzen Aufenthalt in Mark und Glieder und sein Leben, könnte man glauben; hing an einem seidenen Faden. An der Wand hing kein Speck, in einem Regal standen Gläser mit unreifen Früchten und halbvolle Flaschen mit verdorbenen Säften.

Dann setzten sich beide auf die ungeheizte Ofenbank im hinteren Teil des Raumes, schräg gegenüber von einem der beiden Fenster, die dieser Raum besaß. Sie richtet dabei ihren Oberkörper auf, er entwickelte einen krummen Rücken und faltete die Hände. Dann meinte sie:

"Angst!"

„Ja."

„Es ist gut, dass du ehrlich bist. Das hilft uns beiden!"

Eine erste Blume schien am Wegesrand zu erblühen, eine erste. Vielleicht würde er auf eine Wiese treffen, sie würde ihn darauf hinweisen. Der Anfang ist ein Anfang; ein erster Schritt bleibt immer ein erster Schritt, wenn nicht nachfolgende Schritte, weiteres Tun und Handeln folgen. Als dann plötzlich eine

Sternschnuppe, die am Nachthimmel verglühte, durchs Fenster in sein Blickfeld geriet, zog er die Augenbrauen nach oben. Das Engelchen beobachtete ihn genau. War er jetzt bereit, wieder an sich zu glauben? Dem Nussknacker lag inzwischen viel, dem Engelchen alles daran, der Menschlichkeit einen Raum zu geben, die es möglich machen würde, den Weg zu finden.

„Wie lange bist du schon allein? Wie lange sitzt du schon hier und frisst deinen Kummer und Ärger in dich hinein?"

„Seit sehr, sehr langer Zeit!"

Dann schaute das Engelchen auf das Bild, das auf der Kommode stand.

„Deine Frau!"

Eine weitere Träne rann dem Nussknacker über die Wange und tropfte zu Boden. Das Engelchen wusste auch ohne Worte, wie es um ihn stand.

„Es tut so weh, deshalb entschuldige!"

„Schon gut. Doch gerade deshalb erzähl mir davon!"

„Was ist ein Tag? Was ist ein Monat? Was ist ein Jahr? Ich weiß es nicht. Als Maria noch lebte, so hieß sie, war es anders. Sie war schön, zwar nicht so schön wie du, aber ich liebte sie über alles, ich trug sie auf Händen, gab dem weiblichen Wesen meiner Wahl all meine Liebe und Zärtlichkeit. Wir gingen durch

Höhen und Tiefen, jeder konnte sich auf den andern verlassen, es war ein Geschenk, das uns unser karges Leben hier oben vergoldete. Doch dann stellte man bei ihr Krebs fest.

Es war für mich wie ein Stich ins Herz, für uns beide. Was blieb, waren die Wut und der Kampf mit den eigenen Gefühlen. Man sagte, die Krankheit sei schon zu weit fortgeschritten. Zwar wurden wir bei den verschiedensten Ärzten vorstellig und nahmen einen Kredit auf, für eine Therapie, die sie antrat, die aber verschiedene am Ende kaum Linderung brachte. Es half alles nichts, nach langem und qualvollem Leiden starb sie. Ich weinte einen Tag und eine Nacht lang. Langsam trockneten meine Tränen, aber die Leere, das Gefühl, den Sinn des Lebens verloren zu haben, zog mich nur noch tiefer und tiefer hinab. Zum anderen sind da noch die Schulden. Ich weiß nicht mehr ein noch aus. Was soll ich tun?"

Sie schaute ihn an. Kleinigkeiten, Nuancen, scheinbare Nichtigkeiten werden auf einmal wichtig, werden erst recht wichtig, wenn Gefühle die Seele und das Herz eines anderen Menschen sanft streicheln sollen. Er schluchzte, sie lächelte, der Moment schien sich zu verneigen. Sie fühlte mit, ohne ein Wort, und er fühlte sich geborgen, ohne es ihr zu sagen. Es war still. Nur der Wind der Nacht strich an den Fensterscheiben entlang und Herzlichkeit und ein wenig Glück lagen im Raum. Ein Blütenblatt von einer der Blumen, die in der Vase auf der Kommode standen, konnte sich der Schwerkraft nicht mehr erwehren und fiel zu Boden. Dann meinte das Engelchen:

„Die Seele ist wie eine Blume. Bekommt sie kein Wasser, vertrocknet sie; gibt man ihr keine Sonne, verwelkt sie. Geh unter Menschen; zeige dich. Tu das, was dich glücklich macht, was du schon immer machen wolltest. Dann wird auch für dich wieder die Sonne scheinen, und deine Seele wird Glück und Frieden finden!"

Der Nussknacker presste die Lippen aufeinander und hielt die Luft an, dann atmete er aus, gleich als würde ein Flugzeug in heftige Turbulenzen geraten. Dann kehrte Stille ein. Nach Sekunden fügte das Engelchen hinzu:

„Lasse deine Seele fliegen, gib ihr Raum und Zeit und das Glück wird auch für dich Wirklichkeit werden!"

Dann begann der Nussknacker erneut zu weinen und schüttete sein Herz noch viel mehr aus. Sie hörte zu, ermahnte und ermunterte ihn, ließ ihm seinen Traum, wurde zu einem Fixpunkt im Jetzt und Hier und in seinen Gedanken. Das Eis war endgültig gebrochen, und der Abend war voll und ganz gerettet. Angenehme Gespräche und erkenntnisreiche Dialoge gingen ineinander über und er vergaß die Zeit. Nichts war, wie es vorher war und beide spürten die geheimnisvolle Kraft des silbern strahlenden Sterns, der inzwischen durchs Fenster schaute und den Raum erhellte.

## Die Eisprinzessin

In einer Zeit, als die Gletscher noch Gletscher waren und die Menschen noch an Wunder glaubten, erzählte man sich eine Geschichte. Gefühle haben schon immer das Tun und Handeln der Menschen bestimmt, doch diesmal ging es um mehr, denn als sie erwachte, die Augen öffnete und sich aufrichtete, gab es viele Fragen aber keine Antworten.

So versuchte sie sich zuallererst ein Bild von ihrer Umgebung zu machen. Doch das war gar nicht so einfach. Sie sah kaum zwanzig Meter weit. Nebel war aufgezogen und hüllte alles rundum in ein unnahbares Weiß. Wo war sie? Sollte sie weitergehen oder auf Hilfe hoffen? Aber einfach nur abwarten wollte sie auch nicht. Deshalb stapfte sie los, ohne einen genauen Plan zu haben. Bei jedem Schritt versank Isabella mit dem sinnlichen Blick und den langen, schwarzen Haaren knietief im Schnee. Schnee; der Fluch der Hexe war also eingetroffen! Vielleicht war sie irgendwo auf einem Gletscher mit allem seinem Zauber und mit allen seinen Gefahren. Dann blieb sie kurz stehen. Sie schaute an sich herunter, musterte ihr äußeres Erscheinungsbild. Am Strand würde es passen, das

Sommerkleid, das sie anhatte, doch hier? Barfuß mitten im Schnee, diese Begebenheit war ungewohnt und fiel irgendwie aus dem Rahmen. Aber warum nur fror sie nicht, selbst an den Fußsohlen nicht? Hatte das alles mit dem Fluch der Hexe zu tun und auf welcher Meereshöhe befand sie sich? Einfach zu viele Fragen auf einmal. War alles im Moment ein Traum oder Wirklichkeit? Sie konnte es nicht sagen. Ihre Gedanken fuhren Achterbahn.

Deshalb sang sie nun ein Lied, warf sich in den Schnee wie ein Kind. Als sie die Kälte im Gesicht spürte, war ihr klar, dass es kein Alptraum war; die Bilder ringsum wurden Wirklichkeit. Was blieb, war die Hoffnung; war der Glaube an das Glück zweier Herzen, mit dem sie den Fluch, der auf ihr lastete, besiegen konnte. Doch wer sollte sich schon in diese eisige Gletscherregion wagen? Vielleicht Abenteurer, Menschen, die auf der Suche nach sich selbst waren, oder Menschen, die den Glauben an die Liebe verloren hatten. Das Leben ist voller Unwägbarkeiten, und an Wunder muss man glauben, wie ihre Mutter immer wieder sagte. Und so lenkte Isabella ihr ganzes Flehen auf den einen Punkt, auf eine wunderbare Fügung; denn so leicht wollte sie sich nicht in ihr Schicksal ergeben. Minuten vergingen, Minuten, in denen ihr der Gletscher nicht enden wollend vorkam. So irrte sie umher ohne Plan und Ziel. Als liefe sie im Kreis, als würde sie der Gletscher verschlucken, als wäre alles aus und vorbei.

Ihre Blicke gingen in die Leere und ein klammes Gefühl machte sich in ihr breit. Müde von der Anstrengung und von der Intensität ihrer Gefühle blieb sie stehen und setzte sich einfach in den Schnee.

Sie war müde geworden. So vergaß sie die Zeit und schlief ein in ihrem Wohnzimmer aus ewigem Eis.

Sie wusste nicht, wie lange sie geschlafen hatte, aber als sie erwachte, lag sie im Sonnenschein. Der Nebel hatte sich verzogen, am Horizont zeigte sich ein Meer aus Berggipfeln. Zwar konnte sie keinen dieser Gipfel mit Namen nennen, aber sie spürte den göttlichen Zauber, der über allem lag und den Frieden, der sie sanft streichelte. Als sie in einiger Entfernung eine Gruppe Bergsteiger in der Weite des Gletschers zu sehen glaubte, rief sie so laut sie nur konnte um Hilfe. Doch nichts geschah, sie drehten sich nicht einmal nach ihr um. Hörten sie sie nicht oder wurden ihre Rufe absichtlich ignoriert, sie konnte es nicht sagen! Dann entfernten sich die Gletscherwanderer wieder von ihr. So versuchte sie ihnen zu folgen, doch schon nach fünf Minuten hatte sie das Grüppchen aus den Augen verloren. Enttäuscht ließ sie sich in den Schnee fallen und schluchzte. Hatte sich alles gegen sie verschworen?

Doch erneut rückte sie der Sonnenschein ins Licht; ihre Schönheit, die einem Tautropfen in der Morgensonne glich; ihre Lieblichkeit, wie sie dem besten Wein eines Jahrgangs zu eigen ist, und ihr Gemüt, das die Sinnlichkeit eines betörenden Duftes verströmte. Irgendwie kam sie sich wie eine verlorene Eisprinzessin vor, die vielleicht niemand sehen konnte; auch nicht der, der sich bis in die Gipfelregion hinauf wagte. Sie dachte darüber nach, warum Menschen das taten, die höchsten Gipfel der höchsten Berge erklimmen. War es der Weg; war es ein Gebet, das der Weg darstellte; oder ging es wirklich nur ums eigene Ego? Sie wusste es nicht. Was blieb, war ihr Fluch, im ewigen Eis gefangen zu sein; als Wächterin, als Wegsuchende und Wettergöttin in einem!

Eine halbe Stunde verging ohne besondere Vorkommnisse, bis sie sich plötzlich für einen Punkt am Rande des Gletschers zu interessieren begann. Anfangs konnte sie damit nichts anfangen, doch als sich dieser Punkt bewegte, schlug ihr Herz schneller. War es vielleicht ein Mensch, mit dem sie reden konnte? Erneut fanden ihre Gedanken keinen Halt. Das Eis glänzte blütenweiß auf den Höhen; die Berggipfel summten ihr Lied; die Fernsicht war bestens und einige Wolken am Himmel störten nicht weiter. Als sich der Punkt am Horizont in ihre Richtung bewegte, pochte ihr Herz spürbar. Sollte es eine Fügung sein, eine Fügung ohne Happy End? Der Weg ist das Ziel, inwieweit hatten dieser Bergsteiger das verinnerlicht? Sollte sie nach ihm rufen, sollte sie ihm entgegengehen? Da er jedoch in ihre Richtung unterwegs war, wartete sie und beobachtete ihn. Vermutlich hatte auch er sie inzwischen gesehen.

Die Bewegungen des Bergsteigers waren gewandt, die Ausrüstung war durchdacht, die Blicke waren vorausschauend und der Tritt war gewissenhaft. Traum und Wirklichkeit schienen zu verschwimmen. Ihr Atem ging ruhig und gleichmäßig. Bilder zogen mal langsam, mal schnell vorüber, alles war Gefühl. Doch reichte das? Sie wusste es nicht.

Sein Blick streifte immer wieder Hänge und Grate, und das Ziel lag vor ihm, der Gipfel, kühl und erhaben. Einer der vielen Orte, um mit der göttlichen Kraft Kontakt aufzunehmen. Fußtritt für Fußtritt gewann er an Höhenmetern. Er steuerte gerade auf eine große Felsinsel inmitten des Gletschers zu, als er plötzlich eine Stimme hörte! Er hielt inne, blieb stehen. Er sah sich um, sah hinter sich und nach rechts und nach links. Ja, selbst das Weiß des Gletschers wurde zu einem Bild, das lebendig schien. Wo

27

kam er her, der Laut, diese liebliche Stimme? Hörte er jetzt schon Stimmen, die nicht existierten? Hatte er heute Nacht schlecht geschlafen? Es wurde still. Kurze Zeit später hörte er erneut eine Stimme, aber er sah nur das Weiß des Gletschers und seine Spuren im Schnee und im Eis. Als ihm, dass alles zu bunt wurde, blieb er stehen und sagte nur:

„Zeige dich und sag mir, wer du bist!"

Dann, aus dem Weiß des Gletschers, etwa zehn Meter vor ihm, baute sich ein goldenes Licht auf, das Raum und Zeit in einen Schleier aus funkelnden Eiskristallen einhüllte und Isabella greifbar erscheinen und menschlich werden ließ. War es ein Wunder, war es eine Fata Morgana mitten auf dem Gletscher? Er befand sich ja hier nicht in der Wüste! Er rieb sich die Augen, Isabella schien so echt wie sein eigener Atem. Vor ihm stand eine Person mit langen, schwarzen Haaren, sie trug ein goldenes Kleid. Die blauen Augen erschienen ihm so tief, dass er darin zu ertrinken drohte. Sie kam einige Schritte näher und lächelte. Er fasste sich ein Herz und sprach sie an:

„Man erzählt sich von einer Sage, einem verlorenen Wesen im Eis. Ja bist du die, von der diese Sage erzählt?"

„Ich weiß nicht! Doch du gefällst mir. Glaubst du an die Kraft der Liebe?"

„Ja! Wieso, ist das wichtig?"

Es war ein Satz, der Folgen hatte! Auf einmal hatte er Schnee in den Augen und rieb sich diese. Als er die Augen wieder öffnete, war sie verschwunden. Dann plötzlich sah er, dass vor ihm etwas in den Schnee geschrieben stand.

„Es ist nicht genug zu wissen, man muss es auch anwenden! Es ist nicht genug zu wollen, man muss es auch tun."

Dieser Satz brachte es auf den Punkt, doch von wem nur stammte dieses Zitat! Aber eigentlich interessierte ihn das jetzt nur am Rande. Denn was in aller Welt nur tat solch eine Schönheit in dieser unwirklichen Umgebung? Allein schon ihr Lächeln würde jeden Eisberg zum Schmelzen bringen; allein ihre Wärme würde jede Eisblume zu einer Rose werden lassen. Wo war ihre Heimat, ihr Zuhause?

Plötzlich stand die Erscheinung wieder vor ihm. Blicke forschten in den Gesichtszügen und die Gedanken wurden zu einem Lächeln, dass sie sich schenkten. Dann trat er näher zu ihr, bis er ihren Duft riechen konnte. Freude, Begeisterung und Leidenschaft schienen in ihre Herzen geschrieben zu sein:

„Ich glaube, du siehst auch mit dem Herzen!"

Sie lächelte, als wäre es Frühling, mitten im Schneegebirge. Er lud sie ein, ohne es auszusprechen. Sie zupfte sich am Ohr, er fuhr sich durch Haar, er nahm den Rucksack ab und sie tänzelte auf der Stelle. Schneeweiß wie das Eis, trotzdem war der Moment bunt wie eine Blumenwiese. Sein markantes Kinn stach hervor, ihre blauen Augen ließen sein Herz schneller schlagen, sie verschmolzen mit dem Azur des Himmels. Seine Blicke sagten alles und ihr Lächeln entsprang der göttlichen Ordnung. Die Felswände unter dem Berggipfel, die den Gletscher umrahmten, begrenzten die Bühne. Das Jetzt und Hier war bereit, bereit für Himmel und Hölle. Plötzlich war sie erneut verschwunden.

Sogleich rief er nach ihr, er wartete ein wenig, aber nichts. Dieses Katz-und-Maus-Spiel fand er gar nicht gut, deshalb ging er weiter. Er kam gut voran; ein außergewöhnlich schneereicher und kalter Winter machte es möglich; zudem las der Naturbursche das Eis, den Aufbau und die natürlichen Prozesse des Schneekristalls, er wurde eins mit der Harmonie der Natur. Gerade bereitete er sich darauf vor, einen kurzen Steilhang vor dem Gipfelgrat zu erklettern, als er die Schönste aller Schönen erneut im Schnee sitzen sah, einige Meter von ihm entfernt, direkt am Fuße des Eisaufschwungs.

Das Herz pochte und die Hoffnung machte Purzelbäume. Sollte er sie vielleicht umarmen? So lange suchte er schon und so lange hatte er es sich immer wieder gewünscht. Ihr Blick, der den kürzesten Weg zu ihm suchte; das geheimnisvolle schwarze, lange Haar war das Erste, was ihn abermals in seinen Bann zog; die himmelblauen Augen waren das andere; ihre weiblichen Formen wie Schokolade und das goldene Kleid wie die Sahne auf dem Kaffee, ganz zu schweigen von ihrer Aura und ihrem einzigartigen Lächeln. Dann meinte er:

„Mein Vater nahm mich schon als Junge mit hier hinauf! Mir sind die Gefahren bekannt und vertraut. Doch wenn ich dich haben kann, bist du mein Gletscher der Liebe, den es zu erkunden gilt. Aber sag, woher kommst du; und ist das nicht sehr einsam, hier oben im ewigen Eis? Gibt es so etwas wie Seelenverwandtschaft? Mein Gefühl sagt mir, nachdem uns das Leben eine zweite und dritte Begegnung schenkt, dass du mein Schicksal bist!"

„Und der Fluch?"

Der junge Mann erwiderte:

„Welcher Fluch? Ich glaube an mich und an die Liebe. Glaubst du nicht auch, dass die göttliche Liebe zwischen Mann und Frau der größte Zauber der Welt ist!"

Isabellas Gesichtszüge waren weich und geschmeidig und nur die Einzigartigkeit eines Grübchens auf der rechten Wange

31

zeugten von mehr als Sinnlichkeit. Eine mit Gletschereis gefüllte Träne rann über ihr Gesicht.

„Passt alles!"

„Ja!"

Der Berg kannte jedes Wort, jede Regung und die ganze Geschichte von ihr. Der Wind umgarnte sanft streichelnd Rinnen und Grate, Wechten und Mulden. Der Bursche trat zu ihr heran, berührte sie sanft an der Taille und an den Schultern, gab ihr einen sanften Kuss auf die Lippen und schaute ihr so tief in die Augen, ganz tief; er hatte das Gefühl, das Tor zu ihrem brachliegenden Herzen zu entdecken. Die Luft roch danach. Doch war es Liebe oder Anteilnahme? Dann meinte er:

„Erzähle mir von dir!"

„Frau aus Eis, Wesen aus Stein, Kreatur ohne Herz, viele Namen, die man mir gab. Als Kind eines Zauberers wurde mir ein Fluch zum Verhängnis. Der Gefühle unfähig, als ich alleine war, wurde ich zu Pflegeeltern gegeben. Diese waren sehr lieb und herzlich. Doch mit dem Fluch belastet, als Kind eines Magiers, konnte ich nicht aus meiner Haut. Keinen Versuch, keine Möglichkeit ließ ich aus, aber ich schaffte es nicht. So begab ich mich dorthin, wo der Wind die Stille küsst, die Kälte das Herz massiert und die Natur die Perle der eigenen Gedanken ist!"

Der Bergsteiger glaubte ihr sofort. Schönheit braucht keinen Namen, keinen Vorwand, nur den Zauber des Augenblicks. Der Gleichklang wurde greifbar und eine Brücke spannte den Bogen zwischen den einsamen Herzen. Sie küssten sich nun innig. Ein Bild entstand tief in ihren Seelen und der Moment nahm sich des Glückes an. Es war, als würde eine Raupe sich häuten und ein Schmetterling farbige Glanzpunkte setzen. Die Eisprinzessin, die vom Fluch befreit war, schaute ihn an und schenkte ihm das Jetzt und Hier! Sie lächelte ihn lieblich an und er sagte, was er noch zu keiner Frau gesagt hatte. Sie schluchzte und weinte, weinte, wie sie noch nie geweint hatte. Ein weiterer Kuss und der Moment malte ein Paradies. Als sie sich küssten, hörte man von Ferne die Glocke am Gipfel des Adamello. Und die Sage erzählt:

„Wenn sie nicht gestorben sind, dann lieben sie sich noch immer!"

## Das Geheimnis eines Baumes

Irgendwo im tiefen Wald, wo sich Hase und Igel gute Nacht sagen und die Natur sich noch selbst überlassen wurde, stand auf einer kleinen Lichtung im Wald ein Baum. Sabrina stieß durch Zufall darauf. Es war ein Ort, von dem Kraft und positive Schwingungen ausgingen und in dem Frieden und Glück lag; dazu fiel hier das Sonnenlicht anders auf Mutter Erde als an allen Orten, die sie bisher kannte.

Auch wohnte dem Ort ein Zauber inne, der ihn mitsamt dem Baum zu einem besonderen Flecken Erde machte und den nur jener empfindet, der mit dem Herzen sieht! Dieser Baum hatte weder besonders eindrucksvolle Äste noch ein sehr ausladendes Blätterwerk, auch war dieser Baum nicht außergewöhnlich schön oder hässlich, er war einer unter vielen in der nahen Umgebung. Irgendwie angezogen, näherte sich Sabrina dem Baum. Da sagte eine Stimme:

„Erschrick nicht, schenk mir ein wenig von deiner Zeit. Ich war mal ein Prinz, der sich in die Tochter einer Hexe verliebt hatte. Eines Tages stellte sie mich vor die Wahl, Liebe oder Geld! Ich entschied mich für Geld, denn ich hatte Angst vor ihr! Darauf belegte sie mich mit einem Fluch und verzauberte mich in einen Baum!"

Sabrina stockte der Atem. Wie konnte man nur! Dann meinte sie:

„Hast du Schmerzen? War sie schön?"

„Der Schmerz geht manchmal, aber die Erinnerung bleibt. Zudem war sie lange nicht so schön wie du!"

„Sehr gerne würde ich mehr über dich erfahren, ich kann sehr gut zuhören! Du musst auch keine Angst haben, dass dich jemand hört – nur ich kann dich hören, wenn du mit mir redest!"

Sabrina wich einen Schritt zurück. Dann überflutete sie ein seltsames Gefühl. Wollte sie das wirklich? Sie fragte den Baum:

„Gibt es keine Möglichkeit, diesen Fluch zu beenden?"

„Nein, aber wenn du mich umarmst, werden sich unsere Seelen auf eine Reise ins Paradies begeben!"

Sie zögerte anfangs, doch dann trat sie an den Baum heran und umarmte diesen. Sogleich legte sich eine Melodie in Raum und Zeit, und die Reise begann.

„Wenn Bilder Poesie werden!", dachte sie für sich.

Nach Sekunden, die eine Ewigkeit wurden, trat sie einen Schritt zurück. Eine Träne tropfte auf den Waldboden. Was hatte sie von einem Prinzen? Vielleicht war es doch kein Prinz, vielleicht war alles nur ein falsches Spiel. Dann verließ sie den Ort.

„Kommst du wieder?", rief ihr eine Stimme nach.

Sabrina schwieg, dem Prinzen zuliebe. Ihren Eltern verriet sie nichts von den Erlebnissen des Tages, nicht von der verzauberten Lichtung. Der Ort schien ihr Fluch und Segen zugleich, dort konnte sie sich nackt bis auf die Seele ausziehen, denn dort konnte sie einfach nur reden, spüren und fühlen, dort wurde sie gehört, ohne auf Fragen antworten oder sich rechtfertigen zu müssen. Wenn die Eltern sahen, wie sie das elterliche Grundstück verließ, fragten sie immer, wohin sie denn gehe? Sabrina sagte dann nur, wenn die Fragen zu bohrend wurden, sie gehe zu einem Ort, wie es nicht viele auf der Welt gebe. Dann lächelte sie, umarmte beide, ließ ihrer Fröhlichkeit und Unbekümmertheit freien Lauf und sagte, sie sollten sich nicht unnötig sorgen, sondern ihr einfach vertrauen. Die Eltern nahmen sie in die Arme und gaben ihr einen Kuss.

Anschließend wandte sie sich in Richtung ihres Zieles, Nord-Nordwest, und lief dem Wald entgegen. Es war ein herrlicher Nachmittag. Die Sonne wärmte den Körper, die Poesie ihre Bilder und die Gedanken die Seele. Sie durchquerte die Wiese hinter dem elterlichen Anwesen und erreichte Minuten später den Wald, wo sie jede Wurzel, jede Blume, jeden Baum und jede Unebenheit des Waldbodens kannte. Die Vögel jubilierten, und ein scheues Reh kreuzte ihren Weg, doch hier im Wald war sie mit jedem Geschöpf gut Freundin. Die roten Schuhe mit Riemen, die sie anhatte, wirkten verspielt, ihr Kleid fühlte sich leicht an wie ein Sommertag, der wie ein Lichtspiel durch die Blätterkronen des Waldes fällt. Die Sonne hatte den höchsten Punkt auf ihrer Bahn schon überschritten. Das feine und weiche Haar schmeichelte dem Gesamtbild; selbst an einen Apfel als Marschverpflegung, der im Rucksack verstaut war, hatte sie gedacht. Mischwald, Laub- und Nadelwald wechselten einander ab; Sträucher und Farne lockerten die Vegetation auf, und selbst der kleine Kummer, den sie in ihrem noch so jungen Herzen trug, ließ ihr noch genug Atem, um zu glauben und zu staunen. Sie lächelte einfach so; sie freute sich schon und merkte, wie ihr Herz schneller schlug bei dem Gedanken, ihrem Freund, dem Baum, begegnen zu dürfen.

Dann redete sie immer wie ein Wasserfall, umarmte den Baum und wünschte sich, der Fluch, mit dem der Prinz belegt war, möge enden. Die wärmenden Strahlen der Sonne, die durch das Blätterwerk drangen, spendeten Energie und Glück, ein Specht hämmerte, es roch nach Samt und Seide, ja selbst der

Regenwurm unter der Erde schien sich des Wachstums in der Natur bewusst. Als Sabrina an einen Bach kam, blieb sie auf einem kleinen Holzsteg stehen, setzte sich auf die Brücke, zog die Schuhe aus und kühlte die Füße in dem Bach unter ihr. Die Vögel sangen und Grillen zirpten, der Augenblick umarmte sie. Das Licht der Mittagssonne drang bis zu ihr vor, streichelte sie sanft. Gedanken kamen und gingen, irgendwann verliefen sich diese zu ihrem Freund, dem Baum. So viel wollte sie ihm sagen, einfach nur sagen, so viel. Doch irgendwie spürte sie die Leere in sich; formte sich, ohne dass sie es bewusst wahrnahm, ein Bild der Einsamkeit auf ihrem Gesicht, und sie empfand das Spiegelbild ihrer Mimik, ohne es zu sehen, wie ein Blatt im Wind. Ihre Seele war noch so jung, sie hatte noch so viel zu lernen, ihre Gefühle waren noch wie frischer Nektar. Angst, sie war wütend, nicht auf die Eltern, sondern auf eine Mitschülerin. Sabrina wollte reden, sich mitteilen, nicht ausgefragt werden. Die Eltern waren selbst zerstritten genug.

Ihr Freund, der Baum, hatte ein Gespür für die richtigen Worte im richtigen Moment und schwieg, wenn es passte. Sabrina hatte den Oberkörper nach vorne gebeugt, dabei den Kopf leicht gesenkt, als eine Träne in das Bächlein tropfte. Ob der Tropfen die Weltmeere erreichen würde, ob dieser Tropfen jemandem als

Regen vor die Füße fiel? Es gab sehr viele solche Fragen, die sie in ihrem Herzen trug. Sie dachte an einen Gleichklang; sie dachte an das Göttliche in ihrem Freund, dem Baum und ihr Herz wurde plötzlich empfänglicher für ihn als für alles, was ihr jemals lieb und teuer war. Dann stand sie auf, zog sich die Schuhe an und verließ die Brücke im Wald. Weiter ging es auf einem staubtrockenen Pfad; danach folgte ein leicht ansteigender Höhenweg mit schütterem Wald, gnadenlos von der Sonne beschienen; sie durchschritt einen mit Brennnesseln überwucherten Graben, kam kurze Zeit später auf einen Weg mit vielen Biegungen, ehe sie eine Lichtung erreichte, in deren Mitte ihr Freund, der Baum, stand. Ein Trampelpfad führte zu ihrem Freund, Wiesenblumen machten ihre Aufwartung und ein Adler schoss eine kurze Nahaufnahme.

Als würde eine unsichtbare Macht diesen Ort umarmen, beschützen wollen; als würden die Außenstehenden diesem Platz die Ehre erweisen wollen. Den Zauber konnte sie auch diesmal nicht richtig begreifen, nur spüren und fühlen. Lautlos und vorsichtig, aufrecht und mit Achtung, als hätte sie es mit ihrem ganz persönlichen Schutzengel am Rande der Zeit zu tun, näherte sie sich dem Baum. Ein strahlendes Funkeln legte sich in ihre Augen, ein sanftes Kribbeln unter die Haut, ein erhöhter

Herzschlag kam dazu. Sie sagte kein Wort, sondern begegnete dem verwunschenen Prinzen, wie man einem Seelenverwandten begegnet, leise wie das Frühlingserwachen, weise wie die Achtsamkeit und ehrlich wie das Leben. Dabei fühlte sie mit dem Herzen, redete mit den Augen. Alles schien den Atem anzuhalten, Mensch und Baum, das Spiel der Wolken, die Vögel ringsum und der Augenblick selbst. Als sie vor dem Baum, dem verwunschenen Prinzen, stand, ergab es sich von selbst, sie umarmte ihn. Sie sagte nichts, sondern lauschte nur ihrem Herzschlag und den Schwingungen des Baumes. Sie schloss kurz die Augen und fühlte den Moment. Dann verbeugte sie sich kurz, verschränkte die Arme, trat einen Schritt zurück.

„Ich möchte mein Herz ausschütten!"

„Rede, wenn dir nach Reden zumute ist, und schweige, wenn dir nach Schweigen zumute ist! Alles hat seine Zeit!"

Auch die Natur hat wohl ihre eigene Geschichte, manche Orte schlummern ungesehen zwischen Gefühlen und Oasen; in sich hineinhören, in ihr ureigenes Seelenheil, ist für manche Menschen mehr als nur eine Lebensaufgabe.

„Du tust gut daran, gut für dich zu sorgen", sprach der Baum. „Viele Menschen wissen ganz genau, was sie brauchen, um glücklich zu sein; trotzdem treten sie ihr Glück mit den Füßen und erwürgen es mit den Händen!"

Ein Lächeln verzauberte den Moment; ein Lächeln von Herzen. Und dann redete sie, redete nicht nur über Gott und die Welt, sondern auch über ihre Seele und ihr Herz, und sie ließ ihren Gefühlen freien Lauf. Tiefsinn lag in ihren Worten, die von Glück und Pech in der Liebe, von Wut und Ärger in der Schule und von Geben und Nehmen erzählten. Der verwunschene Prinz urteilte nicht über ihre Worte und zerriss sie auch nicht in der Luft. Das Wort bekam Raum und Zeit, um der Ewigkeit eine Einladung zu schenken. Denn es war auch hier so ein Fall, wo einfach nur zuhören, ohne zu fragen, aus Tränen Gold macht. So kam es, wie es kommen musste, Sabrina schluchzte und schluchzte immer wieder leise vor sich hin. Irgendwann aber begann sie zu weinen, und eine Träne tropfte zu Boden, die eine Blume dankbar aufnahm. Sie spürte, ohne es sagen zu können, sie fühlte, ohne es benennen zu können, sie lebte es, ohne es begreifen zu können, den Zauber des Göttlichen, das in allem Leben auf dieser Welt zu finden ist.

## König Sonnenschein

Eigentlich war der Zauberer lammfromm, eigentlich; doch seitdem ihn König Sonnenschein vom Hof gejagt hatte, war er nicht sonderlich gut auf diesen zu sprechen und trieb in dessen Königreich so ab und zu seine Spielchen, die ihm von Mal zu Mal mehr Spaß machten! Deshalb saß er auch an diesem Morgen auf einer Anhöhe über dem Tal, lächelte sanft und friedvoll und überlegte; denn das Land und seine Bewohner boten auch heute viele Möglichkeiten für den Zauberer, sich auszutoben! Da waren Bäume, Häuser, Straßen und ein Fluss, der sich seinen Weg suchte; der König selbst und Menschen, die ihrem Tagwerk nachgingen. Sein Blick jedoch ging nun zum Horizont. Er sah Wolken, kleinere und größere, die wie Farbtupfer am Himmel in Bewegung gerieten; wie sich diese vermehrten und weniger wurden, mal heller, mal dunkler im Auge des Betrachters wirkten; wie die Wolken nie stillzustehen schienen und Wolken oder Wolkengebilde tun und lassen konnten, was sie wollten. Welcher Ordnung und welcher Logik folgten Wolken? Er hatte sich noch nie damit beschäftigt; sie waren einfach da, wie so vieles hier, seit er das Licht der Welt erblickte. Auch hatte er keine Ahnung, was ein Altostratus war oder was der Luftdruck mit dem Wetter zu tun hatte; doch hörte er schon mal, wie die Menschen unter sich sagten:

„Der Föhn ist an allem schuld!"

Mit der Zeit waren die Wolken mehr und mehr geworden und Wind war aufgekommen. Irgendwann war die Sonne ganz verschwunden. Als man dann noch die Lichter in den Häusern einschalten musste, als es innerhalb kurzer Zeit richtig dunkel wurde und Wolken über Wolken wie eine graue Wand am Himmel standen, nahm er es zur Kenntnis; dann fiel ihm aber eine Begebenheit auf, die seine Gedanken in eine bestimmte Richtung lenkten. Die Menschen des Reiches von König Sonnenschein waren schon seit dem Morgen richtig misstrauisch, als drohe Unheil von oben! Es hatte sich eine eigenartige, schwermütige Stimmung auf das Land gelegt, so als würde den Bewohnern jeden Moment der Himmel auf den Kopf fallen. Nur einer lächelte, als wäre er frisch verliebt: der Prinz des Reiches, der für ein paar Wochen eine Pilgerreise unternommen hatte. Er hatte während des Weges durch Gespräche und Neugier, auch durch Erfahrungen am eigenen Leib, erkennen müssen, dass es im Leben manchmal Demut braucht, um nicht daran zu zerbrechen.

Doch unter den Bewohnern des Reiches war ein Jammern und Wehklagen über diese seltsamen Wolken, trotzdem war da die Hoffnung auf den König.

„Erstaunlich", dachte sich der Zauberer nur und hatte plötzlich eine Idee.

Zunächst benötigte er die richtige Größe, um aufzufallen. Er dachte an ein Mittel, dass schon seine Ahnen gekannt hatten: Dazu brauchte es nur ein Gebräu aus verschiedenen Kräutern, dass er sogleich herstellte. Als er es getrunken hatte, geschah im ersten Moment nichts. Doch dann wuchs er innerhalb von Minuten auf zehn Meter Höhe und war von der Statur her wuchtig und breit. Ein Lächeln huschte über sein Gesicht. Damit würde er mächtig Eindruck machen. Nun schritt er zur Tat und begab sich unter die Menschen.

Zu seinem Erstaunen liefen die Menschen gar nicht vor ihm davon, ganz im Gegenteil. So zogen manche Bürger und Bürgerinnen des Reiches ihre wertvollsten Kleider und Gewänder an und bereiteten Geschenke für ihn vor, vielleicht brachte er ja die Sonne. Doch das scherte den Riesen wenig. Die Stille der Gesten und Versprechungen kommentierte er erst gar nicht, und so ließ er diese Kreaturen unter sich wie Schäfchen an sich herantreten und schaute ungerührt auf das ganze Treiben herab. Als man ihn dann auch noch ansprach und ihm zuwinkte, hob er einen Bewohner des Reiches in die Höhe und verspeiste diesen. Etwas Vergnügen musste sein. Das war den Bewohnern doch des Guten zu viel, und fast alle, die sich auf ihren Beinen bewegen konnten, flüchteten in alle möglichen Himmelrichtungen oder verkrochen sich in das erstbeste Versteck, wenn sie denn eines fanden. Fast jeder fragte sich voller Sorge, was nur los sei, wie das nur alles hatte passieren können. Diese völlig neue Erfahrung verschreckte Ängstliche vollends und ließ Vorsichtige sich ganz in sich zurückziehen. Umso erstaunter war der Riese, als sich ihm einer dieser Erdenbewohner näherte; gekleidet wie ein Bauer, doch mit der Würde eines Herrschers. Das machte den Riesen neugierig.

„Wer bist du?", fragte er ihn.

„Ich bin der Sohn des Königs, wenn du nichts dagegen hast, und nun sag, welche Absichten hinter deinem ganzen Tun stecken?" Der Riese sah nach unten und lächelte. Mut schien dieser Bursche ja zu haben. Dann meinte der Riese:

„Warum tritt mir der König selbst nicht entgegen?"

„Der ist auf Reisen, wann genau er zurückkommt, kann ich nicht sagen!"

„Ich hoffe bald, denn man hört nichts Gutes über den König im Besonderen!"

„Wie meinst du das?"

Der Riese bückte sich und staunte nicht schlecht, da der Jüngling noch immer keinen einzigen Schritt zurückwich. Dann sagte er zu ihm:

„Ich kenne deinen Vater, zudem scheinen hier äußere Werte mehr zu zählen als innere – mehr noch, die Menschen scheinen sich hier selbst nicht zu kennen!"

Der Königssohn fasste sich an die Brust und dachte für sich, dass wohl ein Funken Wahrheit in seiner Aussage liege. Insgeheim ahnte er auch, wer diese Person vor ihm war. Dann meinte der Prinz:

„Braucht es nicht das kleine, Unscheinbare um das große Ganze zu erkennen!"

Nach einer kurzen Pause entgegnete der Riese:

„Du scheinst mehr vom Leben zu verstehen als dein Vater. Womöglich hat er noch nicht gelernt aufzustehen, wenn er mal hingefallen ist. Als König steht man ja über den Dingen, wenn man so sagen kann. Egal, heute wird es nichts mehr mit der Sonne, und wenn er wieder hier ist, wird er sich noch wundern. Ich werde dafür sorgen, dass die Schatten der Zeit sich hier noch eine Weile ins Gedächtnis graben, von Luft und Liebe allein kann der Mensch ja nicht leben!"

Der Königssohn sagte nichts dazu und dachte sich nur seinen Teil. Denn eines war ihm klar: Wenn der Riese gewollt hätte, hätte er ihn wohl zerdrückt wie eine Laus.

„Also gut, im Moment hast du das sagen!"

„Eine vernünftige Entscheidung!"

Der Königssohn ließ den Riesen Riese sein und machte sich auf Spurensuche innerhalb des Reiches. Die Zeit verstrich wie im Film und eine eigenartige Stille spiegelte sich in den Gesichtern der Bewohner wider. Durchreisenden und Besuchern lief ein kalter Schauer über den Rücken, wenn sie den Riesen sahen, nur der Königssohn blieb ruhig und gelassen, obwohl er sich mittlerweile vor Liebesbriefen williger Damen nicht mehr retten konnte. Die Sonne nahm sich also eine Auszeit. Die Wolken hatten sich immer mehr zusammengeballt und doch; regnen wollte es vorerst noch nicht. Ein grauer Schleier legte sich wie ein bedrohlicher Schatten über das Reich. Als der Riese nur noch Abwarten und Tee trinken konnte, ging er in sich, sprach ein Gebet und setzte sich vor den Toren von König Sonnenscheins Wohnsitz und Palast zur Ruh, um zu sehen, was die Kreaturen unter ihm Unternehmen würden. Als lauter Übermut band der

Riese die Wolken an seinen kurzen Haaren fest. Die Bewohner äugten ängstlich aus ihren Häusern hervor, blieben aber schön ruhig drinnen. Doch einer Handvoll reichte das nicht, und innerhalb kurzer Zeit hatte dieser Personenkreis das halbe Volk hinter sich, um den Sturz des Königs innerhalb der nächsten 48 Stunden vorzubereiten. Der Riese begann, mit einem Lächeln im Gesicht eine gutmütige Miene zum bösen Spiel zur Schau zu stellen. Irgendwann ging der Tag zu Ende und die Nacht legte sich über das Land, in der mancher nicht gleich den Schlaf fand. Inzwischen hatte sich die Geschichte von dem Riesen, der mit den Wolken spielt, wie ein Lauffeuer im ganzen Land verbreitet. Drei Stunden dauerte es, bis die Kunde auch bis zum auswärtigen Aufenthaltsort des Königs drang und auch er über den Stand der Dinge Bescheid wusste. Wie nur sollte er seinem Volk gegenübertreten; mit welchen Argumenten, da bei Sonnenschein und bei bewölktem Himmel die Bürger keine Steuern und Abgaben zahlen mussten, bei einer gewissen Anzahl von Regentagen aber gleich die Hälfte des Monatseinkommens, zumindest für einen Monat!

Fragen blieben, Antworten für den Fall des Falles hatte er noch keine. Die Sonne war so angenehm, Regen war ihm schon immer ein Dorn im Auge! Konnte sein Reich vielleicht daran zugrunde gehen, konnte es vielleicht, wenn es doch noch regnete, wie mancher zu glauben schien, in die eigene Seele regnen? Wie viel Recht hatte er, hatten die Menschen überhaupt auf Sonne? Er ging in seinem Fall von einem sehr großen Recht aus, und die Bürger und Bürgerinnen vertrauten ihm bis jetzt fast immer. Womöglich machten sie ihm mittlerweile Vorwürfe, wollten ihn sogar vom Thron stürzen! Das wollte er auf keinen Fall zulassen. Doch wie sollte er in sein Reich kommen, ohne sogleich in Erklärungsnot zu geraten? Aufgrund dieser Überlegungen entschied sich König Sonnenschein, im Schutz der Dunkelheit sein Schloss aufzusuchen.

Doch was auf dem Weg dorthin geschah, ging ihm bis unter die Haut, Panik pur kam in ihm auf. Es regnete, es regnete auch noch im Reich von König Sonnenschein! Es waren nicht nur die Wolken, nein, es regnete auch noch; fette, große Regentropfen, als wolle jemand sein Land unter Wasser setzen. Das war ungeheuerlich! Tropfnass gelangte er schließlich in seinen Palast. Dort war alles in heller Aufregung. Doch als er seinen Sohn sah, vergaß er für kurze Zeit alle seine Sorgen. Sie umarmten sich und redeten lange miteinander. Dann meinte der Prinz:

„Wo ist die Königin?"

„Sie ist in Sicherheit!"

„Vielleicht besser so!"

Beim gemeinsamen Nachtmahl gab es nur eine Frage: Wie sollte es weitergehen?

König Sonnenschein stand die Bürde der Verantwortung ins Gesicht geschrieben. Nach einer ewig langen Sekunde meinte der König:

„Noch nie sah ich meine Untertanen so besorgt. Bei meiner Krönung erst vor wenigen Wochen fand ich meine Idee zur Sanierung der Staatskasse nicht mal so schlecht! Bei Sonnenschein sind keine Steuern zu zahlen, jeder zahlt nur auf freiwilliger Basis, so viel er kann, und wenn er nichts gibt, ist es auch recht; Wolken sind ja noch erträglich, da ändert sich ja nichts, und alle Steuern und Abgaben sind freiwillig und keiner muss Strafen befürchten; doch was bei Regen los ist, weißt du ja selbst. So ist es Gesetz hier!"

Der Prinz warf ein:

„Zwar hat unser Land die meisten Sonnenstunden weit und breit, doch Regen braucht es halt auch; denn was ist mit Tier und Mensch, der Erde, den Pflanzen?"

„Du weißt ja selbst, wie leer die Staatskassen sind, da wird man erfinderisch, auch sind die Regensteuern vorerst nur bis Ende des Monats zu zahlen, vielleicht hat sich die Ebbe in der Staatskasse bis dahin wieder gelegt. Zudem habe ich für diese Zeit Bedienstete, die bei Tag und bei Nacht, rund um die Uhr das Wetter beobachten; somit genau sagen können, wann und wie lange im Monat die Sonne scheint, Wolken sich vor die Sonne schieben und es regnet; somit geht alles mit rechten Dingen zu! Doch da der Sonnenschein hier auffällig oft zu sehen ist, schien mir das Risiko nicht zu groß!"

„Leider hast du die Rechnung ohne das Volk gemacht!"

König Sonnenschein runzelte die Stirn, dann meinte er:

„Zwar hat das Prinzip, man gibt so viel, wie man kann, schon bei meinem Vater funktioniert, was Steuern angeht! Doch du weißt ja selbst, wie sehr ich Regen hasse!"

„Du schweifst ab, darum geht es nicht. Denn dass dann bei nur wenigen Regentagen vom Anfang bis zum Ende des Monats gleich die Hälfte des Monatseinkommens ohne Wenn und Aber an Steuern zu zahlen ist, ist doch recht happig. Auch riet ich dir davon ab. Zudem regnet es noch nicht mal 24 Stunden, wo nur soll das mit deiner Panik hinführen?"

König Sonnenschein schwieg. Er stieß einen Seufzer aus, der laut durch den Raum hallte und meinte anschließend:

„Ich habe es ja schon am nächsten Morgen bereut, dieses Gesetz erlassen zu haben, und Regen, wie ich zu hoffen gewagt hatte, würde mein Reich die ersten Wochen nach meiner Krönung weitgehend meiden; doch nun das!"

Nach einer Pause entgegnete der Prinz:

„Vater, selbst wenn du König bist, kannst du nicht alles in der Hand haben, schon gar nicht Regen und Sonne; selbst als König gibt es noch so was wie Schicksal und Fügung! Zudem meinte ich es ja gut, als ich sagte, verspreche nicht, was du nicht halten kannst!"

„Glaubst du, der Reise ist vielleicht der Zauberer, den ich vom Hof gejagt habe!"

„Möglich, obwohl ein Zauberer bestimmt einiges kann, aber nicht das Wetter verzaubern?"

Ich weiß nicht!"

„Fest steht nur, dass der Riese, wenn er es ist, mich ärgern will!"

„Vielleicht!"

„Ich kann es ja auch nicht ändern, dass mich hier meine Untertanen besonders lieben, wenn die Sonne scheint!"

„Man sollte dich lieben wegen deiner Sanftmut und Güte!"

Nach einer kurzen Pause ergriff der Prinz erneut das Wort:

„Dir macht der Regen Angst! Schließlich hast du deine eigene Messlatte, dass Wohlgefallen und Anerkennung entgegengebracht wird, sehr hoch gesetzt!"

„Doch ich habe …"

Dann schwieg der König und presste die Lippen zusammen, der Sohn lächelte. Lippen bewegten sich, doch kein Wort fiel. König Sonnenschein beschloss aber insgeheim, dem Riesen zu Leibe zu rücken, ihn fangen und fesseln zu lassen. Nur Däumchen drehen brachte ihn jetzt nicht weiter. Als dann der Tag anbrach, war der Regen zwar nicht mehr so heftig, aber es regnete immer noch; so, als hätte es der Regen sich im Reich von König Sonnenschein gemütlich und angenehm gemacht. Die Sonne würde ihn wärmen, doch diese hatte ja eine Auszeit genommen. Das nervte ihn gewaltig, doch das war es nicht allein. Sollte die Schieflage etwa hausgemacht sein, sollte alles an den Steuern liegen? Der Prinz hatte inzwischen längst den Raum verlassen, aber der König hatte einen Plan. Schließlich machte eine Handvoll Gold aus Neinsagern mutige Krieger, aber der durchschlagende Erfolg aus.

Vielleicht auch deshalb setzten dann nicht zum ersten Mal starke Magenkrämpfe bei ihm ein. Als nach quälend langen Minuten seine Schmerzen immer noch nicht vorbei waren, aß er

Zwieback und trank Tee. Dass sein Sohn inzwischen wegen einer Verpflichtung seines Vaters das Land verlassen hatte, um ihn zu vertreten, beunruhigte König Sonnenschein immer mehr. Doch es half nichts, da er das Ungemach selbst heraufbeschworen hatte, musste er nun auch selbst alles wieder ins Lot bringen, ohne Wenn und Aber. Das Einzige, was ihn beruhigte, war die Tatsache, dass seine Bauchschmerzen inzwischen abgeklungen waren. Deshalb befahl er nun seine engsten Vertrauten zu sich auf die königliche Burg, um sich mit ihnen zu beraten, wie auf diesen mittlerweile unerträglichen Zustand, hervorgerufen durch den Riesen auf Abwegen und die möglichen Folgen daraus zu reagieren sei. Im Krönungssaal traf sich, was Rang und Namen im Reich hatte. Alle Anwesenden zeigten Elan und den Willen zur Tat, um die Bewohner des Reichs und vor allem den König nicht länger leiden zu lassen. Dabei wurde in alle Richtungen gedacht, Möglichkeiten wurden angesprochen, in Erwägung gezogen und wieder verworfen. Das Tintenfässchen des Protokollanten lehrte sich dabei fast so schnell, wie das Schreibpapier verbraucht wurde; selbst die Priester des nahen Klosters konnten den höchsten Würdenträger des Landes in seiner Bestürzung nicht besänftigen. Als der König schließlich kurz davor war, die Wache neben sich anzubrüllen und gegen den Königsstuhl zu treten, ging er zum Fenster und schaute hinaus. Der Riese stand riesig da und lächelte. König Sonnenschein drehte sich auf der Stelle um die eigene Achse, rieb sich am Kinn, ließ die Blicke umherwandern, musterte alles und jeden. Schweigen setzte sein. Ohne eine für ihn zufriedenstellende Antwort bekommen zu haben, setzte er sich wieder auf den Königsstuhl, ballte die Fäuste und presste die Lippen aufeinander. Alles schaute auf ihn. Dann öffnete er den Mund und meinte nur:

„Holt mir jemand aus meinem Reich, der den Regen lesen kann, ob mit zwei oder vier Beinen; egal, aber schafft ihn oder es hierher. Wenn selbst der König zum Bettler wird, vielleicht wird dann ein Taugenichts zu meinem persönlichen Berater!"

Wieder schauten alle den König an. Ging es hier um die Wolke, um den Riesen oder doch um Steuern? Aber am Blick des Königs war in diesem Moment nichts zu missdeuten, was er sagte galt. Sogleich wurden die Boten ausgeschickt, und in jedem Winkel des Reiches wurden fragwürdige Tests an Tier und Mensch durchgeführt.

Letztlich fiel die Wahl auf einen alten Esel mit weißem Fell, gutmütigen Augen und flauschigem Schwanz. Kurze Zeit später brachte man das Tier in den Palast, um es dem König zu zeigen.

Seine Majestät ließ nicht lange auf sich warten. Die Zeit drängte, eine Antwort auf die Frage aller Fragen im Reich von König Sonnenschein musste her. Als der König das Tier sah, wurde er richtig unbeherrscht. Er vergaß fast gänzlich seine guten Manieren, blickte wie der Wolf im Grimm'schen Märchen, fuchtelte wild gestikulierend mit den Armen und schrie so laut, dass das Echo durch den Raum hallte. Alles ist möglich, dachten sich die Anwesenden, selbst ein König bleibt in den meisten Fällen nur ein Mensch. Der König entrüstete sich:

„Was, das soll jenes weise Lebewesen in meinem Reich sein? Selbst eine Laus hat noch mehr Verstand und Klugheit!"

Trotzdem meinte er, man solle das Tier nicht sofort wieder wegschaffen, da es nun schon mal hier sei. Vielleicht konnte der Esel ja mit dem Riesen reden, dolmetschen ohne Gefahr für Leib und Seele anderer.

„Würdest du uns helfen?", fragte er das Tier.

„Was bekomme ich dafür?"

Hatte der König richtig gehört? Der Esel stellte Forderungen! Am liebsten hätte er ihn vierteilen lassen, aber einer seiner Berater meinte, man solle ihm seine Wünsche erfüllen.

„Aber warum so eilig, die paar Minuten werdet ihr jetzt auch noch aushalten!", äußerte das Tier.

„Gebt mir bitte schön was zu essen, frischen Blattspinat und junge Möhren in Rosenauflauf, denn mit leerem Magen kann man sich nicht gut konzentrieren!"

Der König blähte die Backen und schnaufte tief durch. Dann meinte er zu einem seiner Bediensteten, er solle in der Küche Gewünschtes holen. Nach ein paar Minuten kam dieser wieder und stellte das Mahl, das der Esel sich gewünscht hatte, vor die Stufen, die zum Thron führten. Alle schauten nun auf den Esel, alle, besonders König Sonnenschein. Als es fertig gegessen hatte, schleckte das Tier mit der Zunge genussvoll den Teller aus, so, als sei, dass die letzte Mahlzeit seines Daseins, wischte sich mit dem Vorderbein lustvoll übers Maul und lobte das ihm gereichte Mahl in den höchsten Tönen.

„So", sagte der Esel jetzt. „Passt gut auf, wie mein Plan lautet, obwohl dies eher eine Angelegenheit der Zeit ist!"

Der König verzog das Gesicht und lauschte den Worten des Esels.

„Alles ist nur auf Zeit! Auf Sonne folgt Regen und auf Regen Sonne; das ist das Einmaleins des Wetters, und manchmal braucht es auch einfach nur Demut, um das zu ertragen, was nicht zu ändern ist, und ein Tun, um Dinge zu ändern, die einem wirklich wichtig sind. Trotzdem prophezeie ich, Morgen gibt es Sonne pur."

Danach wurde es im Raum ganz still, keiner wagte ein Wort zu sagen. Dann entgegnete der König mit lauter Stimme:

„Nein, so nicht! Das ist bestimmt eine Falle, die du mir stellst. Ganz so leicht köderst du mich nicht!"

Da entgegnete das Tier:

„Aber König, warum könnt ihr mir mit euren Gedanken nicht folgen? Wieso macht ihr euch das Leben unnötig schwer! Der Riese scheint was nicht richtig zu verstehen, doch ich glaube, er ist wie ein Vergrößerungsglas. Ich für mein Teil lasse es mir gut gehen und rege mich über Wassertropfen, in welcher Form auch immer, nicht auf, schließlich kann dieses $H_2O$ auch so herrlich Spaß machen! Auch nicht wegen einer schlaflosen Nacht, das kann schon mal passieren. Denn wie sagt das Sprichwort: Auch ein blindes Huhn findet mal ein Korn. Weshalb nehmt ihr euch nicht an mir ein Beispiel und macht es genauso?"

Als König Sonnenschein diese Worte hörte, wurde ihm ganz übel. Er rieb sich verlegen an der Nase, zupfte, um Zeit zu gewinnen, an seinem Gewand, strich sich durchs Haar und sagte daraufhin:

„Ich kann dich überhaupt nicht leiden, und trotzdem kommst du mir recht, denn für den Riesen bist du womöglich ein richtiger Vitaminhappen, zudem wird einer meiner Untertanen verschont, wenn er dich verspeist. Und überhaupt, woher weißt du, dass die Sonne auch den Weg durch die Wolken findet? Bist du etwa mit dem Teufel im Bunde?"

„Na ja, ich kenne mich halt mit dem Wetter aus!", meinte der Esel!

Blicke huschten nun von Angesicht zu Angesicht. Keiner schien dem anderen zu vertrauen. Dann, mitten ins Schweigen oder Tuscheln der anwesenden Personen im Raum hinein, äußerte der Esel die Bitte, man möge ihn doch für eine Stunde auf dem höchsten Turm festbinden, direkt neben dem Wassergraben. Der König dachte an ein Bild, das sich ihm aufdrängte, doch mit einer Wache, die den Tod fürchtete, würde es wohl gehen; wie er sich sagte. Der König begann zu lächeln, das Tier jedoch laut zu lachen. Anfangs war der König irritiert, dann aber meinte er zum Esel:

„Wie du willst, mir ist es recht, aber nur eine Stunde!"

Während der König, nachdem die Wache den Vierbeiner durch die raue Schule der Erniedrigung hatte gehen lassen, nun sein Gemach aufsuchte, wurde der Esel von den Wachleuten mit

Schwert und Lanze ganz nach oben in den höchsten Turm der Burg gebracht. Dort band man das Tier an einen Eisenstab in einem kreisrunden Raum ohne Möbel und Ofen; dafür gab es ein Loch in der Wand, das so groß war, dass jemand, wenn er sich nur weit genug hinauslehnen würde, hinunter in den Wassergraben fallen würde. Der eine Wachmann, der in den nächsten Minuten den Esel bewachen sollte, damit dieser auf keine Dummheiten kam, hatte vermutlich nicht genau hingehört oder dachte an die bevorstehende abendliche Verabredung mit seiner Liebsten. Jedenfalls fand die mit der Aufgabe betraute Person den Esel einfach nur langweilig und träumte vor sich hin, ohne ihn zu beachten. Dem Esel blieb dies nicht verborgen. Der König nahm ihn sowieso nicht für ernst und der Vierbeiner wartete nur auf eine günstige Gelegenheit. Als sich diese ergab, knabberte er den Strick an. Bei der zweiten Gelegenheit biss er ihn vollends durch. Der Esel sprang davon, über die Wehrmauer und in den Wassergraben. Dort hob den Kopf, schaute nach vorne und schwamm ans andere Ufer des Grabens.

Der nahe Wald konnte seine Rettung sein. Noch bevor eine Lanze oder ein Pfeil, die vom Turm in seine Richtung geflogen kamen, ihn traf, erreichte der Vierbeiner das Unterholz. Im Wald dann hatte das Tier genügend Vorsprung, um seine Verfolger abzuschütteln. Mehr durch die Geschehnisse rund um die Flucht des Esels veranlasst als durchs eigene Grübeln ließ sich König Sonnenschein kurze Zeit später zu jener Stelle führen, wo man das Tier festgebunden hatte. Dass der Wachmann, der den Esel hätte bewachen sollen, nicht an Ort und Stelle beide Hände verlor, lag wohl daran, dass dieser nicht mehr auffindbar war! So stand der König nun vor dem durchgebissenen Strick und wusste nicht, wie er sein Gesicht wahren sollte. Der Esel wäre sein Pfand gewesen, aber nun war dieser fort, vielleicht für immer fort. Was blieb, war die ungelöste Frage; die Frage, wie viel Regen verträgt der Mensch, verträgt mein Reich?

Er sagte sich:

„Na ja, da kann man vermutlich nichts tun. Es hätten ja schon Wolken gereicht; warum musste es denn gerade Regen sein, und dann auch noch so viel? Ich wollte doch die Sonne zu einem Ausrufezeichen von mir werden lassen, irgendwann stürzt man mich noch vom Thron, wenn der Sonnenschein noch länger ausbleibt, das darf unter keinen Umständen passieren! Aber vielleicht kommt alles ganz anders und es geht sich alles noch aus!"

Dann erinnerte er sich an seinen Sohn, der mittlerweile von seinen Geschäften zurückgekehrt war. Als er ihn nach seiner

Einschätzung fragte, meinte dieser nur, sie würden ihn überleben, den Regen, der dem Land sein Tun aufdrängte. Der König war danach zwar noch nicht völlig beruhigt, doch er sah nun alles nicht mehr ganz so schlimm!"

„Ob es nun Schwindel oder Wahrheit ist, der Turmbau von Babylon hat ja auch irgendwas Gutes gehabt!"

Der König ließ weiter nach dem Esel suchen, bat, man möge es ihm melden, wenn das Tier gefunden würde, tot oder lebendig, und suchte seine Gemächer auf, wo er sich mit Schachspielen mit einem seiner Bediensteten am Hofe die Zeit vertrieb. Doch das Schlafbedürfnis wurde irgendwann zu groß, und so begab er sich in sein Schlafgemach. Dort legte er sich aufs Ohr und schlief sofort ein. Wie lange er geschlafen hatte, wusste er nicht. Inzwischen hatten die Intensität und die Heftigkeit des Regens nochmals zugenommen, so als würde die Lust auf mehr zu einer Melodie werden. Doch noch gab es genügend Schwemmgebiete für Flüsse und Bäche, so dass die Gefahr einer Überschwemmung nicht gegeben war. Auch blieb manches in diesem Land nicht erklärbar; auch nicht, warum dem Regen über Nacht der Nachschub ausging. Der Himmel und der Horizont waren am Morgen wie aufgeräumt, und die Sonne schien so strahlend, als wolle sie Versäumtes nachholen. Irgendwann und irgendwie fiel dann ein Sonnenstrahl auf die Wange des Königs. Anfangs wollte er es nicht glauben, und erst als er aufstand, ans Fenster ging und hinausschaute, war er überzeugt. Der Esel war vielleicht doch kein Esel, eher ein Wahrsager. Egal, dem König war es recht. Er machte den Tag zum Feiertag; verbriefte und versiegelte, dass in seinem Reich nicht nur die Sonne scheinen würde, sondern dass es auch mal lang und anhaltend regnen könne und dass deswegen keine Steuern zu zahlen waren, sondern es bei den freiwilligen Abgaben bleiben würde, wie es schon bei seinem Vater war. Den Bewohnern war dies im Moment egal, und so wurde gefeiert, gegessen und getrunken bis weit in den Abend. Was aus dem Riesen geworden war, wusste keiner; es interessierte im Grunde auch niemanden. Doch während der darauffolgenden Nacht, als die Sterne zu leuchten begannen und Mondlicht die Nacht erhellte, hatte der König einen Traum. Auf dem Mond, der wie gemalt am Himmel stand, spazierten ein Esel und eine Ameise und unterhielten sich angeregt.

Die Geschichte von der zerbrochenen Vase

An einem verborgenen Ort, wo tausend und eine Nacht Märchen an der Tagesordnung sind, lebte einmal ein Kaufmann, der es zu Wohlstand und Ansehen gebracht hatte. Er hatte Bedienstete, die ihn versorgten und umsorgten; dazu war er, wie er glaubte, reich. Sein ganzer Stolz, das große, helle und verschwenderisch ausgestattete Haus mit einem angrenzenden Garten, dieses mit seinen verspielt wirkenden Türmen und Balkonen aus allen Gebäuden in der näheren Umgebung hervorstach, erzählte davon. Die einzelnen Zimmer und Räume in seinem Haus waren ebenso wie die Gänge mit kostbaren Teppichen und Bildern und mit seltenen und wertvollen Kunstgegenständen aller Art geschmückt.

Dazu kümmerte sich ein persönlicher Leibarzt tagtäglich um seine Gesundheit, ein Leopard brachte einen Hauch Wildnis in das Anwesen und mehrere Frauen sorgten für Abwechslung während des Tages. Auch gab es in seinem Leben eine junge, wunderschöne Frau. Sie war seine ganz persönliche Sklavin, die er einmal einer Karawane abgekauft hatte und sein ganz privates Gut, wie er ihr immer wieder zu verstehen gab. Manchmal schluchzte sie ein bisschen, doch immer öfter weinte sie bittere Tränen, und wenn sie wegzulaufen versuchte, schien er überall zu sein. Doch jeden Tag hoffte und flehte sie und dankte Allah für den Tag! Eines Morgens bat der Kaufmann sie zu sich auf sein Zimmer. Dort sagte er zu ihr:

„Geh heute, während ich fort bin, zum Brunnen am Stadtrand und hol mir von dort einen großen Krug mit Wasser. Ich möchte, wenn ich in den Mittagsstunden wieder zurückkomme, meinen Körper vom Staub der Straßen dieser Stadt reinigen und mich erfrischen!"

Seine Blicke weckten unbestimmte Befürchtungen in ihr. Doch Wüstenperle nickte, verbeugte sich vor ihrem Herrn und verließ den Raum. Sogleich ging Wüstenperle daran, den Auftrag ihres Herren und Gebieters auszuführen. Sie ließ sich zum Schutz vor der Sonne ein langes, schwarzes Gewand geben, ließ sich auch einen Krug von einem der Bediensteten reichen und ging aus dem Haus. Die Sonne brannte vom Himmel und der Staub flimmerte in der Luft. Selbst in den Morgenstunden kroch die Hitze des Tages schon aus ihren Startlöchern. Sie ging weder schnell noch langsam, da sie Übung im Balancieren eines Kruges auf dem Kopf hatte. Bald hatte sie die Außenbezirke der Stadt erreicht und traf kurze Zeit später beim Brunnen ein -

ein einfacher Steinbrunnen, aber er barg das Wichtigste für jegliches Leben, Wasser. Mit Hilfe einer Winde ließ sie den Krug hinunter, auf die gleiche Art und Weise brachte sie das volle Gefäß wieder nach oben, hob dieses dann auf die Schulter. Dann kam ihr ein Gedanke in den Sinn. Dies wäre doch eine Gelegenheit, um ihrem „Besitzer" zu entkommen! Doch wo sollte sie hin? Die Wüste umschloss die Stadt wie ein Geliebter seine Geliebte. Trotzdem wollte sie auf dem Weg zurück sich ein bisschen umhören und nachfragen, wann die nächste Karawane in der Stadt Halt machte, was in regelmäßigen Abständen geschah. Als sie ein wenig gegangen war, trat sie unvermittelt auf einen Stein, worauf ein leichtes Wimmern erklang.

Sie blieb stehen und lauschte diesem Wehklagen, was sie berührte. Dann war es einige Sekunden still, ehe sie wieder dieses Wimmern hörte. Wer oder was in aller Welt mochte hier einfach nur gehört oder verstanden werden? Gab es vielleicht einen Grund, dass gerade sie diese Klage vernahm? Ihr Herz schlug plötzlich schneller als sonst, ein Gefühl der Angst schob sich langsam in ihr Bewusstsein. Zuerst überlegte sie noch. Doch was, wenn eine Kreatur hier auf Erden Hilfe brauchte? Deshalb nahm sie den Krug nun ab und stellte ihn neben sich. Sie beugte sich nach unten und hob den Stein vorsichtig in die Höhe. Aber als sie den Kopf einer Schlange erkannte, ließ sie den Stein fallen und trat hastig einige Schritte zurück. Durch die Rückwärtsbewegung jedoch schlug der Stein neben der Schlange auf. Sogleich hob das Kriechtier den Kopf in die Höhe und sagte:

„Angst?"

Mit zitternder Stimme meinte Wüstenperle nur:

„Sehr große Angst!"

„Warum hast du dann den Stein aufgehoben?"

Wüstenperle schwieg. Doch die Schlange sah ihr tief in die Augen und lächelte dazu und bald wich bei ihr die Unsicherheit des Augenblicks. Denn dieses Tier strahlte Wärme und Zuversicht aus. Irgendwie glaubte sie sogar, die Sprache der Schlange verstehen. Die Augenblicke verstrichen.

Dann schenkte sie der Schlange, die zusammengerollt, den Kopf erhoben, vor ihr lag, ihre volle Beachtung. Das Kriechtier richtete sich jetzt in seiner ganzen Größe auf und war auf einmal so groß wie Wüstenperle. Das Tier schaute ihr weiterhin direkt in die Augen. Die Wüste rund um den Brunnen zauberte eine eigene Stimmung und ein Zischen lag in der Luft. Dann meinte die Schlange:

„Nicht so zurückhaltend, ich bin die graue Eminenz unter den Tieren hier und tue keinem Lebewesen etwas zuleide, außer man reizt mich. Doch wer bist du, ich habe dich noch nicht hier gesehen!"

„Ich bin Wüstenperle, die Sklavin des reichsten Mannes hier in der Stadt! Er hat mich ausgeschickt, damit ich Wasser für ihn hole, mit dem er seinen Körper erfrischen kann, wenn er wieder nach Hause kommt!"

Die Schlange ließ erneut die Zunge sprechen und meinte:

„Ich bitte dich, die Kehle ist schon ganz trocken, die Haut schon ganz spröde und ich selbst fühle mich ganz schwach. Die Hitze ist um diese Tageszeit allgegenwärtig, und das geht mehr an die Substanz, als man es wahrhaben will. Gib mir ein wenig Wasser, und ich werde ein gutes Wort bei den Schlangen hier in der Umgebung für dich einlegen!"

Dabei musterte die Schlange Wüstenperle eingehend. Ihre Augen leuchteten wie Diamanten, die Anmut ihrer Bewegungen und die Zartheit ihrer Hände zeugten von Güte und Sanftmut, die Geschmeidigkeit ihres Körpers verzauberte den Moment.

„Behandelt dich dein Herr wenigstens gut?"

Wüstenperle schwieg. Stattdessen umfasste sie den Krug, stellte ihn vor die Schlange und ließ sie daraus trinken. Als diese so viel getrunken hatte, dass sie Schluckauf bekam, neigte Wüstenperle, hilfsbereit, wie sie war, den Krug noch mehr nach unten und bespritzte den Körper der Kobra ausgiebig mit dem kostbaren Nass. Nach Abschluss des Bades drehte sich die Schlange um die eigene Achse, reckte und streckte sich und meinte dann zu Wüstenperle:

„Und die blauen Flecken an deinem Arm?"

„Das vergeht!"

Wüstenperle drehte sich weg von dem Tier in die andere Richtung, wo ein Junge mit einem Kamel in der Hitze flimmerte. Eine Träne rann ihr über die Wange.

„Aber die Narben an der Seele!", sagte die Schlange.

„Deshalb bin so froh, selbst ein wenig Glück zu verschenken!"

Die Schlange schien eine Melodie zu summen, es klang wie Milch und Honig. Tier und Mensch verstanden sich auch ohne Worte. Die Sekunden verstrichen. Erst als die Sklavin den Krug schon wieder auf die Schulter genommen hatte und gerade gehen wollte, meinte die Schlange:

„Es war angenehm, dich zu treffen. Wie gesagt, ich lege ein gutes Wort für dich ein!

„Nochmals danke. Nur noch eine Bitte: Lege den Stein wieder dorthin, wo er war!"

Wüstenperle tat, wie ihr gesagt wurde und ging weiter ihres Weges. Da kam sie an eine schon halb verfallene Mauer, vor der eine einzelne Blume wuchs. Es fiel ihr auf, dass diese schon sehr die Blätter hängen ließ und auch die Farben ein wenig matt wirkten. Sie überlegte noch, ob sie ihren Weg fortsetzen sollte, als eine Stimme sagte:

„Halt, geh nicht weiter. Meine Blätter sind schon ganz welk, in meinen Stängeln ist es trocken, und auch der Boden gibt nicht mehr genügend her!"

„Möchtest du Wasser, soll ich dir welches geben?", entgegnete sie.

„Ja, das wäre sehr nett. Ich werde dann auch für dich besonders schön blühen!", bemerkte die Blume.

„Brauchst du ja gar nicht, ich helfe sehr gern, wenn ich es kann!" So nahm Wüstenperle den Krug zur Hand, hob diesen an und gab der Pflanze mehr als genug Wasser. Als Folge war die Blume ganz nass und auch der Boden um sie herum bekam etwas ab. Die Gebadete bedankte sich bei Wüstenperle, verabschiedete sich von ihr und genoss das feuchte Klima rundum.

Wüstenperle ging weiter und gelangte wieder in die Stadt. Nahe einer Gaststätte traf sie auf einen älteren Mann, der ihr seine offene Hand entgegenstreckte und nach einem Almosen verlangte. Sie blieb stehen und sah ihn an. Das Gesicht hatte tiefe Falten, und die Kleidung, die er trug, hatte mehr als nur ein Loch. Er betrachtete sie ebenfalls. Wüstenperle hatte solch eine gewinnende Art und auch die Gedanken der beiden fanden zueinander. Ein Lächeln schob den letzten Rest Misstrauen zur Seite. Dann gab sie zu bedanken:

„Schöne Frau, wie ein goldener Sonnenaufgang erfreust du meine Augen, doch selbst der Körper lebt nicht von der Liebe allein. Sag, was hast du in dem Krug? Wenn es etwas Essbares ist, dann gib mir davon!"

„Damit kann ich dir nicht dienen, aber Wasser, das ich eben vom Brunnen am Rande der Stadt geholt habe, das kann ich dir anbieten!"

Der alte Mann musterte Wüstenperle eindringlich. Er schien zu flehen, händeringend zu flehen.

„Ja, gib mir Wasser, ein bisschen nur; meine Kehle wird für den Moment nicht mehr trocken sein und ich werde dir immer dafür dankbar sein!", entgegnete dieser.

Wüstenperle überlegte nicht lange, beugte sich mit dem Oberkörper nach vorne und gab dem alten Mann zu trinken.

Der Alte schüttete das Wasser geradezu in sich hinein. Er kam fast mit dem Trinken nicht nach, einige Tropfen fielen dabei auf den heißen Sand neben ihm und den Griff des Kruges hielt der so fest, als würde dieser ihm gehören. Doch irgendwann setzte er das Gefäß dann doch ab und lächelte Wüstenperle mit dem schönsten Lächeln, das er je einem weiblichen Wesen geschenkt hatte, an. Dann führte er den Krug erneut zum Mund und genehmigte sich nochmals einen kräftigen Schluck.

„Das war wie ein kleines Glück zur rechten Zeit", meinte er, und Wüstenperle spürte, dass diese Aussage von tiefstem Herzen kam und ehrlich gemeint war. Danach wünschte sie ihm alles Gute, schenkte ihm einen letzten Blick, erhob sich, nahm den Krug wieder auf die Schulter und verließ diesen Ort und den Mann.

Inzwischen war sie schon fast wieder bei dem Anwesen ihres Herren, als wiederum eine Stimme sie ansprach. Diese sagte: „Halt, geh nicht vorbei! Ich möchte ein kleines Bad nehmen. Darum sag, was du in deinem Krug hast. Ist es Wasser, dann gib mir davon!"

Sie blieb stehen und schaute, doch kein Mensch, kein Tier und keine Pflanze war zu sehen. Hatte die Sonne ihren Geist schon angegriffen, hörte sie schon Stimmen, wo keine waren? Sie wollte schon gehen, diesen Ort der Ungereimtheiten verlassen, als sie erneut eine Stimme der Bedürftigkeit vernahm. So ging das eine Weile weiter. Dann war ein Punkt erreicht, an dem sie glaubte, es wolle mit ihr jemand Katz und Maus spielen. Sie wurde dieses Spieles überdrüssig und stellte eine Frage in Zeit und Raum:

„Zeige dich, wer oder was du auch immer bist, damit ich dir helfen kann!" Schweigen lag in Raum und Zeit.

„Ja, ich bin es, der Stein. Nur Staub und der Wind haben mich in letzter Zeit geküsst. Ich hörte gestern von einem Bekannten, der in einem Bach liegt, dass es so schön ist, vom Wasser umspült zu werden. Zeige mir, ob dies wirklich einzigartig ist!"

Wüstenperle prüfte das Gewicht des Kruges. Dieser fühlte sich beim Hochheben sehr leicht an. Der Kaufmann würde toben. Sie presste die Lippen aufeinander und atmete kräftig ein und aus. Anschließend schenkte sie dem Stein ein Vollbad.

Der Stein war außer sich: „Nicht zu vergleichen mit duschen, nicht zu bezahlen mit Sand, ich kann gar nichts mehr sagen, das Paradies ist ein Wunderland!"

„Wenn wir uns wieder begegnen, dann sprich mich ruhig an. Ich werde dir auch dann wieder Gutes tun!", gab sie dem Stein zu verstehen.

Man verabschiedete sich voneinander und Wüstenperle ging mit dem leeren Krug in der Hand, die Öffnung nach unten haltend, ihres Weges. Je näher sie dem Grundstück ihres Gebieters kam, desto schneller ging ihr Pulsschlag. Fast angekommen, blieb sie kurz im Schatten an der Ecke einer Hauswand stehen, als sie eine Hand am rechten Arm spürte. Sie drehte sich um und sah Abdullah in die Augen. Abdullah, einem der Bediensteten des Kaufmanns.

„Was hast du getan?", fragte dieser, „es ist ja gar kein Wasser mehr in dem Krug."

Sie schaute ihn an. Was hatte sie getan? Nur ihr Herz konnte diese Frage beantworten! Ich möchte nicht in deiner Haut stecken, du weißt, wie böse der Kaufmann werden kann!"

Gedankenversunken fiel ihr Blick auf einen kleinen Jungen an einem Verkaufsstand schräg gegenüber von ihr, der mit seiner Schwester spielte. Doch auf was kam es im eigenen Leben an, auf Herz oder Verstand oder beides. Das Leben ist ein Geschenk und die Gesetzmäßigkeit im Leben bedingt Freund und leid. Wüstenperle verschenkte Zeit und Güte unentgeltlich und ungezwungen und der Kaufmann konnte es vielleicht nicht ertragen. Die Tragödie würde jetzt vielleicht ihren Lauf nehmen. Ihre nächsten Worte nahm sie dann selbst kaum noch wahr, aber vermutlich war es ein Strohhalm, nach dem sie griff.

„Hilfst du mir?"

Abdullah schaute sie an und spuckte auf den Boden.

„Du bist schön und verführerisch und könntest jeden Mann haben, doch mit mir willst du nicht mal ein wenig Spaß!"

„Ich will nicht irgendeinen Liebsten, ich will den einzigen, wahren Liebsten!"

„Und wenn du ewig warten musst?"

Wüstenperle wusste, dass sie nicht ewig warten musste, sondern dass er sie im Moment mit dem Herzen berührte und mit der Seele verführte, sobald sie sich treffen würden. Vielleicht gerade deshalb fühlte sie auf einmal einen Stich in ihrem Herzen. Liebe, wirkliche göttliche Liebe! Gab es einen Mann, der ihr den Himmel auf Erden schenkte? Ihre innere Stimme sagte es ihr.

„Und jetzt komm, die Sonne des Tages tut dir nicht gut!"

„Kann ich nicht mal den Krug wieder mit Wasser füllen?"

„Du hast deine Chance gehabt! Ich habe von meinem Herrn und Gebieter, der dummerweise auch deiner ist, einen klaren Auftrag bekommen und den führe ich aus!"

Ein letzter Hilferuf erklang in ihrem Herzen, doch Abdullah tat nun das, was tun musste.

Er verstellte ihr jeglichen Fluchtweg und geleitete dorthin, wo alles begann; ein Weg, der Wüstenperle wie ein Weg zu ihrem eigenen Begräbnis vorkam. Dort angekommen, öffnete der

Bedienstete eine Türe an einer Mauer und führte sie schließlich in das Anwesen des Kaufmanns.

Dort im Innenhof mit Gartenanlage schloss sich diese. Abdullah hatte seine Pflicht getan. Sie musste nun für ihr Tun geradestehen, allein vor dem Kaufmann und vor ihrem Gewissen. Und so begleitete man sie erneut in die obersten Stockwerke, immer in der Sorge, auf ihn zu treffen. Als sie vor der Türe der Gemächer ihres Herrn stand, kroch erneut die Angst in ihr hoch. Sie stellte den leeren Krug dort ab, deckte diesen mit einem Tuch zu. Da man sie Sekunden später alleine ließ und alles zu viel wurde, versuche sie über eine Treppe zum Innenhof zu gelangen, um von dort weg zu rennen; egal wohin, einfach nur fort. Plötzlich hörte sie eine Stimme, die ihr durch Mark und Bein ging.

Als sie dann wenige Sekunden später vor ihrem Herrn und Gebieter stand, gab dieser ihr einen Kuss auf die Wange und lächelte sie an. Dann meinte er:

„Hast du getan, wie ich es dir befohlen habe?"

Sie schaute ihn an und hoffte, er würde sie auch so verstehen. Doch er schwieg, auch Wüstenperle schwieg, und so verstrichen die Sekunden. Der Kaufmann wurde langsam ungeduldig und wollte sie gerade am Arm packen. Doch mit dem letzten Rest Mut, der ihr noch blieb, meinte sie schließlich:

„Ja, mein Herr!"

„Und wo ist der Krug mit dem Wasser?"

„Der steht vor der Türe deines Gemaches!"

„Dann komm mit in mein Gemach. Ich bin müde, meine Schuhe sind voller Staub, die Füße tun weh und meine Kehle ist fast ausgetrocknet! Erquicke mir Leib und Seele!"

Auch diesmal wagte sie es nicht, ihm zu widersprechen. Sie nickte nur und folgte ihm in sein Gemach. Während Wüstenperle nun den leeren Krug nahm, öffnete der Kaufmann die Türe und bat Wüstenperle herein. Sie zögerte kurz, und er schaute sie schon nachdenklich an, sagte aber nichts; anschließend traten beide ein. Die Tür fiel ins Schloss und Fragen standen im Raum, die sich für Wüstenperle anfühlten wie eine zähe, leblose Masse aus unausgesprochenen Gedanken. Die Wände schienen kalt und leer und einen Hinterausgang schien es nicht zu geben, alles wirkte wie ein falscher Film. Der Kaufmann setzte sich auf seinen Lieblingsstuhl; ein Unikat aus Elfenbein. Dann verlangte er von Wüstenperle, sie möge ihm seine Füße waschen und ihm einen Schluck zu trinken geben. Sie trat vor den Lieblingsstuhl ihres Gebieters, ging in die Knie und stellte den Krug neben sich. Doch als Wüstenperle erneut zögerte, blickte er sie fragend an. Das Herz schlug ihr bis zum Hals und die Hände begannen zu zittern. Ihr Blick ging nach unten und an ihm vorbei. Der Zauber ihrer Güte war wie eingefroren, wie tiefgekühlt, fernab der Sonne. Der Kaufmann spürte spätestens jetzt, dass sie ihm etwas Verheimlichte. Er ballte die Hand zu einer Faust, beugte sich zu ihr und befahl mit lauter Stimme, sie solle sprechen und reden, erklären, was los sei. Wüstenperle atmete, als hätte sie nur einen Lungenflügel. Sie wusste, dass sie die Wahrheit nicht länger vor ihm verbergen konnte und sprach:

„Mein Herr und Gebieter, das Wasser, das ich für euch aus dem Brunnen geholt habe, gab ich denen gegeben, die es nötiger gebraucht haben. Ich hole auch sofort wieder einen Krug mit neuem, frischem Wasser, wenn ihr es wünscht!"

Die Blicke des Kaufmanns sagten alles, sie waren stechend und herausfordernd. Was sie da sagte, konnte und wollte er einfach nicht dulden. Ungehorsam war für ihn eine Todsünde, auch bei ihr. Er stand nun auf, packte sie am Arm und schrie sie an:

„Du hast meinen Befehl nicht so ausgeführt, wie ich es dir befohlen habe! Dafür sollst du hundert Peitschenhiebe bekommen, damit du nie mehr vergisst, wer dein Herr und Gebieter ist!"

Vor Schreck trat Wüstenperle gegen den Krug neben sich, so dass dieser umfiel, wegrollte und an der Wand des Raumes zerbrach. Sie weinte daraufhin bitterlich. Die Tränen flossen ihr über die Wangen, Schwindel überkam sie und sie hatte Mühe, sich überhaupt noch auf den Beinen zu halten.

„Und für das zerstörte Gefäß ebenfalls hundert Peitschenhiebe!" Das war zu viel an Demütigung für sie. Wüstenperle sank zusammen, dann lag sie auf dem Boden wie ein Häufchen Elend. Stille, nichts als Stille lag im Raum. Sekundenlang. Doch nun hob Wüstenperle langsam den Arm, als wolle sie eine Brandrede halten, richtete sich so gut es ging mit dem Oberkörper auf und umfasste die Beine ihres Herren. Unter panischer Angst versuchte sie den Blick ihres Herren zu bannen und sagte mit wackeliger Stimme:

„Herr verzeihe mir!"

Blicke wanderten hin und her.

„Das hilft dir jetzt auch nicht mehr weiter!"

Dann stand er auf, schob sie von sich und klatschte in die Hände. Sogleich kamen zwei Bedienstete und führten Wüstenperle in eine Art Keller mit Geräten des Schreckens, wie sie diese nannte, unter dem Haus ihres Gebieters. Inzwischen schickte hatte der Hausherr Abdullah fortgeschickt, um einen Krug mit Wasser zu holen.

Der Kaufmann hatte Wüstenperle die schrecklichen Geräte am Tag ihres Einzugs bei ihm gezeigt. Sie sagte kein Wort, wusste aber genau, was dies zu bedeuten hatte. Wüstenperle sah klar vor sich, was kommen würde, und als nach einer ewigen Viertelstunde ihr Herr und Gebieter vor sie trat, standen in seinen Augen immer noch Härte und Unnahbarkeit geschrieben. Der Kreislauf ging in den Keller, das Herz raste und ein kalter Schauer lief ihr über den Rücken! Die Hoffnung war das Einzige, was sie jetzt noch glauben ließ. Dann band man sie an einer Eisenstange fest und wollte gerade mit der Ausführung der Bestrafung beginnen, als jemand sagte:

„Halt, verschont diese gütige Seele und nehmt mich dafür!"

Der Kaufmann presste die Lippen aufeinander, drehte sich um und sah ihm eine fremde Person, die von zwei Wachen begleitet und an den Händen gefesselt vor ihm stand, von den Zehenspitzen bis zum Haaransatz. Die Wachleute traten auf eine Handbewegung des Kaufmanns hin einen Schritt zurück. Wüstenperle stieß einen Schrei aus, als sie den Mann sah. Der Kaufmann musterte diese Person. Die Kleidung hatte nichts

Elegantes, der Bart hatte vermutlich seit Urzeiten keine Rasur mehr gesehen und der Körper wirkte wie ausgedörrt. Was sollte der Kaufmann hier in seinem Haus mit solch einer Person anfangen? Und so fragte er nach dem Warum.

„Was willst du hier!"

„Verschont diese Person!"

Warum soll ich meine Sklavin verschonen?"

„Weil sie mir ein Stück vom Glück gab!"

Das klang wie guter, alter Wein, so weich und voller Weisheit!"

Der Kaufmann sah seine Sklavin an, dann fragte er sie:

„War das die Person, der du das Wasser gabst, das für mich bestimmt war?"

Wüstenperle drehte ihr Gesicht weg von beiden, mit weichen Knien und zittrigen Händen; ohne einen Blick zu riskieren. Doch der Schein der Fackel leuchtete auf ihr Gesicht und den Raum gespenstisch aus. Sie schickte ein Stoßgebet in den Himmel, doch wer konnte beiden jetzt noch helfen? Was ihr blieb, war die Hoffnung, mehr nicht. Dann wandte sich der Kaufmann erneut dem Bettler zu und meinte:

„Du bist aber auch selten dumm! Hast du dir nicht denken können, dass ich nur auf dich gewartet habe, damit ich dir endlich deine gerechte Strafe angedeihen lassen kann?"

Der Alte holte tief Luft, spitzte den Mund und sagte:

„Der wahre Reichtum liegt nicht in den materiellen Dingen im Leben, der eigentliche Reichtum sitzt tief im Herzen und wer sich auf die Reise begibt, kann ihn finden!"

Der Kaufmann musterte ihn noch mehr von oben herab und war noch missgestimmter als zuvor. Wut stand ihm ins Gesicht geschrieben. Schwächen im seelischen Bereich waren ja schon bei seiner Sklavin bedauerlich, aber dieser da spielte sich auf, als wäre er Gott persönlich. Wie eine Mauer aus Stein war der Kaufmann, sie wirkte grau und schwer, während der Alte die Blume sah, die es in jedem Menschen gibt. Denn sein Herz war dankbar, dankbar für jeden Schluck Wasser.

„Egal, dann gebt ihm Hundert und einen Peitschenhieb!"

Wüstenperle hatte sich vor dem Kaufmann auf den Boden geworfen und küsste nun seine Füße. Dann flehte sie ihren Gebieter an, den Bettler zu verschonen und an ihr die Strafe auszuführen. Dem Alten rann eine Träne über das Gesicht. Der Kaufmann trat an Wüstenperle heran und strich ihr über die Wange. Er stellte abwägend fest:

„Schöner wie Morgentau und sinnlicher wie ein Tropfen Wasser, irgendwie fände ich es wiederum schade, mich nicht an deiner Liebe und Schönheit zu ergötzen!"

Fast hätte sie ihn angespuckt, doch zuvor drehte er sich weg. Dann bemerkte er:

„Gut, dem Bettler die Schläge auf den nackten Rücken!"

Wüstenperle wurde derweil in einer anderen Ecke des Kellergewölbes mit den Händen an der Wand an einen Eisenring festgebunden und musste dort ihrer Dinge harren. Wer versuchen sollte, ihr zu helfen oder sie loszubinden, sollte nach dem Befehl des Kaufmanns ebenfalls Zweihundert und einen Peitschenhieb bekommen. Der Bettler war statt ihrer den Launen eines zornigen Menschen ausgeliefert, und der Schrei, als ihn der erste Peitschenschlag auf den nackten Oberkörper traf, hallte durch das ganze Kellergewölbe.

Am späten Nachmittag bekam der Kaufmann Besuch. Es war sein Freund Moha, ein studierter und wissbegieriger junger Mann, den er lange nicht mehr gesehen hatte und der sich gerade in der Stadt aufhielt. Einige Jahre war sein Freund auch persönlicher Berater des Sultans von Bagdad gewesen, bei dem sein Wort immer noch Gewicht hatte. Der Kaufmann führte ihn nun in sein persönliches Gemach, bat ihm Platz zu nehmen, öffnete anschließend einen guten Wein der Region und stieß mit ihm an. So kam es, dass aus einem Glas ein zweites und noch eines wurde. Irgendwann meinte Moha, er würde sich freuen, an diesem Abend mit seinem Freund speisen zu dürfen. Der Kaufmann meinte, das ginge wohl nicht; er müsse heute noch eine Vase an einen Geschäftsfreund überreichen.

Doch Moha hatte schon immer ein Faible für schöne Dinge in seinem Haus und fragte neugierig:

„Woher stammt die Vase, und wie sieht sie aus?"

„Von einem nahen Verwandten des Sultans, deinem Freund! Aber wenn du willst, kann ich sie dir holen lassen! Ich verkaufe sie dir zu einem Freundschaftspreis!"

Moha nickte erfreut und lehnte sich zurück. Der Kaufmann stand auf und klatschte zweimal laut in die Hände. Die Türe ging auf und ein Diener des Hauses trat zu ihm. Von diesem ließ sich nun der Kaufmann die Vase holen. Als Moha die Vase, deren Farben der Morgenröte ähnelten und deren Formen der Verspieltheit der Liebe glichen, in den Händen hielt, rief er aus:

„Die Vase ist so schön, so schön und unverwechselbar wie das Lied der Liebe!"

„Gefällt sie dir?"

„Sehr!

Dann stand Moha auf und ging paar Schritte. Er wandte sich zu seinem Freund und fragte:

„Wie viel?"

„Wie viel bist du bereit auszugeben?", war die Antwort des Kaufmanns. Moha ging zum Fenster in Raum, das den Blick in den Innenhof ermöglichte und wollte eigentlich nur ein bisschen überlegen, als er eine junge Frau sah, deren Anblick ihm sofort dem Atem nahm. Einer der Bediensteten des Kaufmanns war dabei, sie gerade an einem Baum festzubinden, was nicht sonderlich feinfühlig von statten ging. Sein Herz war entsetzt und frohlockte zugleich. Der Ausdruck der Augen, die Lippen, ihr formvollendeter weiblicher Körper; es war wie ein Traum mit Flügeln, für den er sofort ein Lied wusste. Plötzlich kam es ihm vor, als hätte sich der Blick von beiden getroffen. Er glaubte gar, das Herz stehe still. Nach einer ganzen Ewigkeit, in der es nichts mehr gab als nur das kostbarste aller Gefühle, sprach er zum Kaufmann, der immer noch auf eine Antwort von ihm zu warten schien.

„Wer ist die Frau, die gerade im Innenhof deines Plastes festgebunden wird?"

Der Kaufmann runzelte die Stirn, stand nun auf, ging zu ihm und sah aus dem Fenster! Dann meinte er:

„Wüstenperle, meine Sklavin. Sie hat meinen Befehl nicht ausgeführt!"

Die Blickte trafen sich. Spannung lag im Raum!

„Ich weiß, dass du recht jähzornig und hartherzig sein kannst, aber dass du so herzlos bist, hätte ich nicht gedacht!"

Ihre Blicke begegneten sich. Dann meinte der Kaufmann:

„Dann geh!"

„Erzähle mir wenigstens die Geschichte von ihr, damit ich im Bilde bin!"

Dazu setzt sich Moha wieder auf dem Stuhl gegenüber vom Kaufmann. Doch dieser zögerte und fragte sich, ob er sich im eigenen Haus wirklich sagen lassen musste, was er zu tun und zu lassen habe. Dann fing er doch an zu erzählen. In seiner Geschichte stellte er Wüstenperle als ungehorsame und eigensinnige Person dar. Sie sei unfolgsam und nicht fähig, seinen Befehl ohne Rücksicht auf Verluste ausführen. Der Freund des Kaufmanns hörte zunächst ruhig und gelassen zu; bald aber spürte er, wie sehr ihn die erzählte Geschichte berührte. Sollte ein Mensch, der das Herz am rechten Flecken hatte, dafür wirklich bestraft werden? Alles wirkte auf ihn fast schon zu traurig, um wahr zu sein. So beugte er sich nun zu dem Kaufmann und sagte mit nachdenklicher Stimme:

„Sicher, du hast ihr einen Auftrag gegeben; doch zählt nicht auch die Menschlichkeit! Den bist auch du nicht froh, wenn es dich dürstet, und man gibt dir Wasser, ist es dir nicht angenehm, wenn es dich hungert, und man gibt dir ein Stück Brot, und ist es nicht auch für dich Glück, wenn deine Seele nicht friert und man liebt dich? Und eines noch; Verzicht und verzeihen ist auch eine Tugend, die so manches Leid verhindern kann!"

Der Kaufmann wirkte nachdenklich. Sollte seines Freundes Aussage ihn schließlich doch zu einer anderen Sichtweise verleiten?

„Ich habe mir meinen Reichtum schwer erarbeitet. Zudem ist es angenehm, frei von allen Geldsorgen zu sein!"

„Sag mir, was ist der wahre Reichtum? Das Materielle oder der Zauber des Augenblicks, sag mir, wie reich bist du wirklich?"

Stille durchflutete den Raum. Der Raum schien zu eng für so viele Gedanken, die sich im Kreis drehten. Der Kaufmann wollte nicht, sein Freund konnte nicht mehr warten. Ein Gefühl, eine innere Stimme sagte ihm, er musste Wüstenperle sehen, mehr als nur ein paar Worte mit ihr reden.

„Ich würde Wüstenperle gerne sehen!"

Der Kaufmann befahl, man möge Wüstenperle holen. Kurze Zeit später stand sie vor beiden. Die Liebe auf den ersten Blick hielt der Freund des Kaufmanns immer für ein Märchen, aber diesmal war alles anders. Schon ein Blick genügte, und die Welt war nicht mehr so, wie sie einmal war. Sie umarmten sich, ohne auch nur einen weiteren Schritt aufeinander zuzugehen, sie küssten sich, ohne dass die Lippen sich berührten und sie verführten sich, ohne Hand anzulegen. Der Zauber des Augenblicks malte ein Bild mit den schönsten Farben ins jetzt und hier. Wüstenperle lächelte, als ginge es darum, mit ihm das Paradies neu zu formulieren und er strahlte, als ginge es um den Zauber der Liebe. Wo sollten sie anders hinschauen und hinhören als auf die Gefühle im Herzen? Worte, gab es Worte, die Blumen im Winter zum Blühen brachten? Beide wussten es bereits und dann sagte er doch, was er fühlte:

„Du bist sehr schön, du bist mein anderer Teil, den ich zum Leben brauche!"

Wüstenperle wurde rot und zupfte an ihrem Kleid aus reiner Seide. Dann tauchte sie ein in seine Worte und küsste ihn in Gedanken. Und so vereinigten sich, was beide schon immer gewusst hatten; Liebe gibt alles und Liebe nimmt alles. Der Kaufmann beobachtete alles genau und spürte in diesem Augenblick, dass sie ihr Herz einem anderen geschenkt hatte. Der persönliche Berater des Sultans von Bagdad wandte sich wieder zu seinem Gastgeber und meinte:

„Weißt du, was ich im Moment denke und fühle?"

„Sag es mir!"

Wüstenperle hatte den Mund leicht geöffnet und lauschte seiner Stimme.

„Mein ganzes Wissen und meinen ganzen Reichtum gegen die Liebe von Wüstenperle!"

Moha wusste, dass Wissen allein nicht genügt. Doch wenn sein Freund auch jetzt noch darauf aus war, sein Wissen und seinen Reichtum zu vermehren und nochmals zu vermehren, war dass alles weit weg. Das Geld beruhigt, wusste ja ein jeder; doch der Liebe einen Landeplatz und eine Startbahn zu geben, wog da doch viel schwerer. Als wollte der Kaufmann mit der Hand was wegschieben, lachte er laut dazu und meinte nur:

„Das ist aber ein ziemlich hoher Preis!"

„Gibt es im Leben für zwei Menschen ein wertvolleres Gut als die göttliche Liebe?"

„Deinen ganzen materiellen Reichtum und dein Wissen. Vor allem dein Wissen möchte ich schriftlich!", erwiderte der Kaufmann.

„Wenn es nur schriftlich ist!"

Moha hatte nicht wirklich vor, etwas zu verkaufen oder zu kaufen, er wollte sich vor allem verschenken; verschenken, seinem Traum zuliebe. Der Kaufmann hatte inzwischen mehrmals den Tisch im Raum umrundet. Bilder tauchten in seiner Phantasie auf, Bilder, auf denen er noch mehr Frauen, noch mehr Dinge des Luxus und ein noch größeres Haus besaß. Da war für Wüstenperle, auch nach all dem, was bisher geschehen war, in seinen Überlegungen kein Platz mehr.

„Nimm sie, mir bereitet sie nur Scherereien!"

Wüstenperle hörte schon gar nicht mehr hin, es gab Wichtigeres. Moha bettete sie auf Daunen, Moha sah in ihr Innerstes. Ihre Schönheit vermischte sich mit der Einmaligkeit des Augenblicks. Sie hatte nur einen Satz auf den Lippen und eine Hoffnung in ihrem Herzen. Die Blicke, mit denen sie sich umarmten, wirkten harmonisch wie ein Klangbild in Moll, nur der Kaufmann war davon ausgeschlossen. Als Moha und Wüstenperle beide feuchte Augen bekamen, schien aus ihrer Wüste der Einsamkeit eine Oase der Zärtlichkeit und Sinnlichkeit geworden zu sein, eine Explosion der Berührung hin zu einem Liebeslied der Träume.

„Bei mir sollst du keine Sklavin sein. Bei mir sollst du das schönste Geschenk meines Lebens sein!"

Wüstenperle lief eine Träne über die Wange. Vor kurzem noch behandelt wie ein Mensch zweiter Klasse und jetzt eingeladen ins Paradies; es schien so, als würde dies niemals enden. Sie waren sich sehr nah, so unendlich nah, näher als nah. So nah, dass sie seinen Herzschlag schmecken konnte und er das Blut in ihren Adern riechen konnte. Die Harmonie zwischen ihnen erfüllte sie bis in die hinterste Herzkammer. Der Kaufmann war plötzlich merkwürdig angetan. Konnte er aus dieser Zweisamkeit noch mehr Kapital schlagen? So meinte der Kaufmann:

„Ich habe es mir anders überlegt. Ich will mehr!"

„Mehr! Du kriegst deinen Rachen wohl nie voll genug! Und ist Wüstenperle etwa dein Eigentum?"

Wüstenperle drückte sich ganz fest an Moha. Er fing sie auf, fing sie auf und ließ sie atmen.

„Kann schon sein, aber ich will mehr!"

„Es geht nicht darum, alles zu haben. Es geht um das Leben selbst; es geht um das eigene Ich und das andere Du, um das Göttliche und das Wunder Mensch!"

Der Kaufmann hatte sich selbst ins Abseits gestellt und tobte innerlich. Sein Gesichtsausdruck war hart und sein Blick streng. Er wirkte verbittert und schien Wüstenperle wegen ihrer Art und ihres Wesens für immer verfluchen zu wollen.

„Macht, was ihr wollt. Morgen ist Sklavenmarkt. Wenn ich dort eine neue finde, kannst du sie umsonst haben!"

Es klang wie ein verstimmtes Instrument, das nicht mehr zu richten ist. Die beiden Männer drehten sich den Rücken zu, nahmen sich kaum noch wahr. Aggression lag in der Luft. Der Kaufmann hätte ja beide des Hauses verweisen können, schließlich gehörte ihm dies hier alles. Stattdessen stürmte er wütend aus dem Zimmer. Der Freund des Kaufmannes und Wüstenperle waren nun ganz alleine. Blicke huschten durch den Raum und ein Schmetterling des Lächelns erreichte beide. Eine Orchidee entfaltete ihre ganze Blütenpracht, der Raum schien in ein goldenes Licht getaucht. Dann sagte er zu ihr:

„Ich muss gehen, aber ich werde wiederkommen. Du sollst nicht mehr von der Dunkelheit in die Angst wandern. Du sollst mein Sonnenschein werden!"

„Geh nicht, mein Geliebter. Mein Herz ist so schwer und meine Seele dürstet nach deiner Wärme!"

„Ich komme wieder. Ich verspreche es dir!"

Sie griff nach seinem Arm, als er sich umdrehen wollte. Er wandte sich wieder zu ihr. Sie küssten sich. Kurz und innig. Das reichte Wüstenperle, um zu spüren, dass er, so Gott will, wiederkommen würde. Doch musste sie im Moment wirklich geben, um geschenkt zu bekommen. Selbst wenn die Wirklichkeit nicht so aussah- irgendein Gefühl, dass sie nicht sah, das verborgen und doch offen wie ein Brief vor ihr lag, gab ihr Mut und Vertrauen. Irgendwann gab es einen letzten Blick, die Türe schloss sich lautlos, ohne ganz zuzufallen. Da stand sie nun, wie im siebten Himmel und in sich gekehrt. Der Atem ging schwer und eine mollige Wärme legte sich um ihren Körper, hervorgerufen durch die unbändige Sehnsucht nach ihm. Erst in ihrem Zimmer kam Wüstenperle dann ein wenig zu Ruhe.

Am nächsten Morgen saß der Kaufmann gerade in seinem Zimmer und trank eine Tasse Tee, als die Türe aufging und eine Person den Raum betrat, der ihm nicht unbekannt war und dessen Wort am Hofe des Sultans was galt. Der Kaufmann begrüßte ihn und war erfreut, einen so hohen Gast zu Besuch zu haben, war aber etwas erstaunt, dass dieser von vier Personen begleitet wurde, die er nicht kannte. Schließlich stellten sie sich als Angestellte am Hofe des Sultans vor. Der Kaufmann fragte nun nicht weiter nach. Er bat ihn Platz zu nehmen und tischte auf, das Beste und Teuerste, was der Kaufmann im Hause hatte. So unterhielten sich der Kaufmann und sein Gast, anfangs über belanglose Dinge. Doch dies schien jenem nicht wirklich wichtig zu sein; als er nach einigen Minuten den eigentlichen Grund seines Kommens ansprach, änderte sich der Gesichtsausdruck des Kaufmanns kaum. Als der Sultan

Genaueres darüber wissen wollte, was seinen Freund Moha so erregt hatte, spielte der Hausherr die Geschehnisse um Wüstenperle herunter und versuchte sich mit allen möglichen Argumenten herauszureden; so, als wäre dies alles Lärm um nichts.

Das Wort, das im Raum stand, sprach von Vergebung und Verzeihung, doch der Kaufmann hielt weiter alle Türen und Tore und Fenster geschlossen und zeigte keine Spur von Reue. Eine konkrete Absicht und einen Plan konnte man an so manchen Ausführungen nicht erkennen, aber einen sehr großen Handlungsspielraum. Konnte er verzeihen, und was war mit seinem Stolz, selbst wenn es in diesem Fall gar nicht um ihn ging? Und so kam es, dass auf Anordnung des Gastes der Kaufmann in seinem eigenen Haus an eine Wand des Raumes gezerrt und gefesselt, um wie der eigene Augapfel von diesen bewacht zu werden; die zwei anderen gingen in den Keller des Schreckens und befreiten den Bettler, befreiten ihn von seinen Qualen. Warum hatte er für sein selbstloses Handeln so büßen müssen, wie gerecht war das Schicksal gegenüber einem Menschen? Er wusste es nicht. Er war nur froh und erleichtert, dass der Sultan von Bagdad eingetroffen war und ihm wieder die

Freiheit schenkte. Der Kaufmann tobte indessen wie ein wildes Tier, seine Stimme überschlug sich, als er ausrief:

„Was soll das, wen habe ich getötet oder verletzt? Was habe ich verbrochen?"

„Ihr habt ein Verbrechen an der Menschlichkeit begangen, und das will und kann ich dir nicht verzeihen; dafür sollst du eine Strafe bekommen, mit allen seinen Konsequenzen!", entgegnete der Sultan.

Der Kaufmann sprach kleinlaut und hoffte, es würde sich nur um ein Versprechen handeln! Doch der Blick des Sultans sagte alles. Was blieb, war eine einzige Frage:

„Was habt ihr mit mir vor?"

„Ihr werdet keine Peitschenhiebe bekommen, aber ihr werdet allen materiellen Reichtum verlieren und für immer und ewig aus dem Lande verbannt!"

Und so geschah es. Der Kaufmann bekam seinen Hass und seine Habgier doppelt und dreifach zurück. Doch was wurde aus dem Bettler? Da er sich Hals über Kopf in Wüstenperle verliebt hatte, brachte ihm keinen materiellen Reichtum. Was aber blieb, war eine Freundschaft, die lange Jahre hielt und mit Geld nicht zu bezahlen war.

Aus dem Gefühl von Moha und Wüstenperle wurde Liebe. Und Wüstenperle wurde noch schöner und schöner, ohne es beschreiben zu können. Und so wurden ihre guten Taten ihr tausendfach zurückgegeben, und wenn Moha und Wüstenperle noch nicht gestorben sind, dann lieben sie sich noch immer!

Das Jahreszeitenintermezzo

An einem Sonntag im Mai trafen sich der Sommer, der Herbst, der Winter und der Frühling zum gemütlichen Kaffeetrinken und Gedankenaustausch. Alles war angerichtet, jeder fühlte sich wohl und jeder brauchte nur noch zuzugreifen, was dann auch ausgiebig getan wurde.

Man genoss Seelachs mit Antarktis-würfeln, Maiglöckchen in Holunderstrauch fein gehackt, Getreidekörner auf saftigem Klee und Eichenlaub in gut gewürzter, selbst hergestellter Weinmarinade. Es mundete den Anwesenden sehr, so dass sich eine gewisse Leichtigkeit des Seins einstellte und die Lippen immer redseliger wurden. Man erzählte von sich, teilte intimste Geheimnisse mit. Bald schon steigerte man sich immer mehr in die eigene Geschichte hinein, und irgendwann kam der Punkt: Jede der Jahreszeiten wollte recht haben, einfach jede. Jede der vier Jahreszeiten wollte gegenüber den Menschen auf der Erde besser dastehen, jede wollte sich die goldene Nadel verdienen. Schließlich gelang es dem Frühling, das Wort zu ergreifen, und er versuchte unverzüglich, sich ins rechte Licht zu rücken.

„Eines ist klar: Was wärt ihr ohne mich? Der Frühling, die Jahreszeit, in der die ersten wärmenden Sonnenstrahlen das Eis zum Schmelzen bringen; so manche menschliche Kreatur behauptet dann von sich, eine völlig andere Person zu sein. Alles blüht und gedeiht. Die Freibäder machen auf und vieles mehr. Frühlingsgefühle pur, und die Hormone fahren nach langer Zeit des Entzugs wieder Achterbahn! Frühling, dass Beste, was einem passieren kann!"

Die noch nicht zu Wort gekommenen Jahreszeiten schauten sich fragend an, rümpften die Nasen und schauten hinauf zum Himmel. Das war vielleicht dann doch des Guten zu viel. Es galt, die Verhältnisse ins rechte Licht zu rücken. Sogleich wollten die anderen Jahreszeiten mit einfacher Gestik und wilder Mimik ihren eigenen Standpunkt darlegen. Jeder wollte der Erste sein, der seine Argumente vorbrachte, doch der Sommer war der Schnellste, so dass dieser die Gunst des Augenblicks ergriff und sprach:

„Sommer, das Sahnehäubchen des Jahres! Volle Biergärten, heiße Sommertage, Partyleben pur und lächelnde Menschen, soweit das Auge reicht. Die Liebe eines Sommers, die ein ganzes Leben lang hält, welches Pärchen träumt nicht davon! Ein Sommer der Grillfeste, der kurzen Nächte und der langen Tage oder einfach ein Gefühl, als würde man jederzeit auf dem Sprung in den Urlaub sein!"

Die beiden Jahreszeiten, die bisher geschwiegen hatten, sagten erst einmal nichts, sondern dachten sich ihren Teil. Erst nach Sekunden, die zur Ewigkeit wurden, begann der Herbst sich ins rechte Licht zu rücken und meinte dazu:

„Das ist doch gar nichts! Herrliche, farbenprächtige Wälder, glasklare Luft soweit das Auge reicht; stabile Hochdrucklagen, die jeden Bergsteiger zum Wahnsinn treiben; nicht zu vergessen die schönste Zeit des Jahres, die Vorweihnachtszeit, Plätzchen, so süß wie die reinste Versuchung; auch die Zeit, ein Buch zu lesen; den Zauber der Langsamkeit zu entdecken; die Zeit, in der man sich über vieles klarer wird. Herbst, die Ernte der Weisheit!"

Lange Momente später, in denen Gedanken unausgesprochen blieben, meldete sich der Winter zu Wort:

„Das schlägt dem Fass den Boden aus! Ja, habt ihr denn noch keine tief verschneite Winterlandschaft gesehen? Eine Schnellballschlacht erlebt, Pulverschnee gefühlt, eine Hüttengaudi genossen und vieles mehr? Schneeflocken zugeschaut, wie sie am Himmel fielen. Wisst ihr nicht, wie sich Kinder daran erfreuen können? Ich bin der, der dafür sorgt, dass die Menschen noch enger zusammenrücken! Winter, die Zeit der kuscheligen Kaminabende und der rasanten Tiefschneeabfahrten!"

Doch dieser Zustand der Eitelkeiten und Selbstherrlichkeiten änderte sich schlagartig, als die Kinder des Jahres plötzlich eine Stimme, die ihnen galten. Da Frühjahrsmüdigkeit für alle ein Fremdwort war und sie diese Worte schon einmal gehört hatten und neugierig wurden, sahen sie auf die Erde hinab. Sie sahen einen Säugling, der die Brust seiner Mutter und die Wärme ihrer Haut suchte. Doch die Mutter war schwach und krank und hatte selbst nichts zu essen. Die Jahreszeiten zuckten erschreckt zusammen und beschimpften sich gegenseitig. Jeder suchte die Schuld bei den anderen. Die Mutter und der Säugling waren alleine. Um sie tobte der Alltag. Schneller, mehr und besser, so lautete dessen Motto. Die Jahreszeiten stichelten sich weiter gegenseitig und zerstritten sich schließlich völlig. Was blieb, war die Erde, die Mutter Erde. Es gab sie noch immer, Menschen, die nur an sich dachten, an den eigenen Gewinn. Dann setzten sich diese Menschen auch noch eine Maske auf und sagten zu allem Ja und Amen - doch irgendwo auf der Welt verhungert und weint ein Neugeborenes und keiner hört es!

## Die Sage vom weinroten Wasserfall

Die Eltern, die Freunde, das Dorf, die Berge, das Weiß der Gletscher, Erinnerungen an eine schöne Jugendzeit, dies alles prägte ihn. Doch irgendwann galt es, eine Entscheidung zu treffen, und so entschloss er sich für eine Ausbildung zum Arzt. Deshalb ging er, als er volljährig war, in die Stadt, weit weg von den Bergen, um zu studieren. Doch schon in den ersten Monaten seiner Abwesenheit spürte er die Sehnsucht nach seiner Heimat; zu dem Ort, wo sich sein Herz zuhause fühlte. So schienen die ersten Monate, in der er an der Uni in der Stadt, weitab von seinen geliebten Bergen, studierte, unendlich lang zu werden. Doch es sollte ja nicht für immer sein. Schon deshalb strich er sich jenen Tag im Kalender rot an: den Beginn der Semesterferien.

Er freute sich darauf wie ein kleines Kind, und dann war es so weit! Schon am Morgen dieses Tages war er ganz aufgeregt, selbst für das Lächeln der Studentinnen schien er an diesem Tag kein Auge zu haben; und dass sein Mädchen, seine Liebe, die er an der Uni kennen gelernt hatte, ihn für einen anderen verlassen hatte, konnte er lange nicht verstehen. Vielleicht deshalb träumte er immer wieder von den Bergen seiner Heimat, sie wurden für ihn zu Bildern der Sehnsucht und der Leidenschaft. Der Weg zum Bahnhof schien lang, doch als der Zug einfuhr, schien es ihm wie eine halbe Ewigkeit. Sekunden, nachdem er die Tür des Zuges geschlossen hatte, setzte sich das Verkehrsmittel in Bewegung; mit ihm als Passagier. Gedanken gingen ihren Weg, gingen mit der Erinnerung an Gipfelsiege und Niederlagen auf Reisen. Das Rattern des Zuges stimmte ihn melancholisch, es kam ihm irgendwann vor wie ein Liebeslied, das eine Geliebte für ihn singt. Bilder zogen vorbei. Er dachte an so vieles, ohne es beschreiben zu können; daran, wie das Wetter wohl sein würde, und an eine Tour, die er sich ganz fest vorgenommen hatte. So ließ er sich treiben und träumte vor sich hin. Irgendwann tauchten sie auf, seine geliebten Berge, irgendwann waren diese fast zum Greifen nah; irgendwann waren sie präsent wie der eigene Atem. Sonnenschein tauchte die Landschaft in gleißendes Licht, und das Weiß der umliegenden Gletscher am Horizont zauberte ihm ein Engelsgesicht mitten in die Wirklichkeit. Am Zielbahnhof angekommen, stieg er in den Bus um. Ortschaften wirkten wie neu geboren, Straßen wie neu vermessen. Er inhalierte das Tal, das Jetzt und Hier. Als der Bus im Dorf hielt und er ausstieg, waren die Augen feucht. Ein kurzes „Fürte", dann erkannte ihn jemand und noch jemand. Das Dorf hatte ihn wieder. Fast kam er sich wie ein verlorener Sohn vor.

Die Zeit, der Zauber des Augenblicks, alles hatte eine neue Ordnung bekommen. Die Sennerei, die seine Eltern im Sommer betrieben, lag auf knapp 1500 Metern Höhe; ein paar hundert Meter oberhalb des Dorfes, wo sein Elternhaus stand. Dort oben hatte er die Ruhe, um abzuschalten und sich von der Hektik der Uni zu erholen; dort oben, dem Himmel so nah, konnte er sich immer besonders gut auf das Wesentliche konzentrieren und neue Kräfte sammeln.

Es führten eine Almstraße und ein Steig hier hinauf. Hier oben gab es für ihn den besten Käse und die beste Milch, zudem hatten hier die umliegenden Berge nicht die Namen, wie sie anderswo ganze Scharen von Touristen und Bergsteigern anlockten.

Die Arbeit, die es vor allem in den kurzen Sommermonaten zu verrichten galt, war hart und mit vielen Entbehrungen verbunden, doch schenkte sie jedem, der das Staunen über die Welt rings um sich noch nicht verloren hatte, ein bisschen Glück und Zufriedenheit. Das frühe Aufstehen in der klaren Bergluft trainierte Körper und Geist; bei seinen Ausflügen in die nahe Umgebung mit den Ziegen hatte er zwei Schäferhunde als treue

Begleiter an seiner Seite. Über die Arbeit beklagte er sich nicht, schließlich war es sein eigener Wille, er wurde von nichts und von niemandem dazu gezwungen. Dafür entschädigte die Bergwelt, die hier oben einem Gebet glich. Die Berggipfel küssten den Himmel; die Gletscher waren so weiß, als wären sie frisch gewaschen; die Sonnenuntergänge so rot, dass die Felsen der Region brannten; Bergseen luden zum Träumen und Verweilen ein, und alle Sorgen waren weit weg! Wie oft würde er einfach nur vor der Hütte sitzen und den Sonnenuntergang genießen oder die Sterne zählen. Mit den Eltern hatte er sich immer gut verstanden. Das Essen während seines Aufenthalts hier oben würde gut und sättigend sein, so dass er die Arbeit tagsüber voller Tatendrang und Elan erledigen konnte.

Doch vor allem von der Landschaft konnte er für sich tief im Herzen zehren! Ahorn- und Kiefernwäldchen luden zu einer Rast ein, Murmeltiere hatten hier ihr Betätigungsfeld; der Winter machte hier oben alles weiß, der Frühling und der Sommer machten das Herz weit und die Seele dankbar, und der Herbst gab der Landschaft eine gewisse Strenge!

Als er dann oben beim Gehöft ankam, erwarteten ihn die Eltern schon. Man umarmte sich und setzte sich auf die Bank vor dem Haus. Ankommen und heimkommen, das reichte ihm jetzt schon. Anschließend gab es eine Jause und frische Milch. Der Tag klang mit Gesprächen und einem wunderbaren Sonnenuntergang aus.

Die nächsten Tage verliefen so, wie er es erhofft hatte, und er war traurig, als er wieder Abschied nehmen musste. Aber nächstes Jahr würde er wiederkommen, das war ihm klar. In den kommenden Jahren schaffte er alle Prüfungen an der Uni, so dass er sich nun Arzt nennen konnte. Doch ein Arbeitsplatz nahe seinen geliebten Bergen blieb ihm vorerst verwehrt, und auch die Sehnsucht nach Zärtlichkeit ließ ihn fast verzweifeln, so dass sein Herz daran fast zerbrach.

Als der Wandel der Jahreszeiten wieder den Sommer brachte, kam der Tag, an dem wie jedes Jahr das große Fest im Dorf stattfand. Deshalb war er wieder oben auf der Alm bei den Eltern. Auch gab es denselben Rhythmus wie stets hier oben. Wie immer, wenn er die Eltern besuchte, stand er um 6 Uhr in der Früh auf, zog sich an, ging zur Haustüre, öffnete diese und trat hinaus. Die ersten Sonnenstrahlen schlichen über die Berggipfel; die Kühle des Morgens küsste sanft die Wangen und das Panorama war wie aus Gold und Silber gewirkt! Er begrüßte auch heute mit einem Jodler den Tag und wusch sich, nachdem er sich die Zähne geputzt hatte; mit frischem Quellwasser.

Danach streckte und reckte er sich. Zehn Minuten Chi Gong, und das Lächeln kam wie von selbst. Anschließend ging er zurück ins Haus. Die Eltern kamen nur noch gelegentlich hinauf zur Alm. Doch heute war das Frühstück wieder etwas Besonderes, das gemeinsame Frühstück mit den Eltern.

Diese gaben ihm viel von der Weisheit, die so manches Menschenleben in sich birgt. Sie lasen das Wetter wie ein offenes Buch; waren dankbar für Brot und Käse, welches sie nicht in irgendeinem Supermarkt kaufen mussten, und betrachteten den Sonnenuntergang hier oben wie ein Gebet! Geheimnisse gab es unter den Eheleuten nicht, auch kein Müssen und Sollen; sondern ein Tun und Wollen, ein Geben und Nehmen. Das Fest im Dorf war heute auch ein Thema. Sie wussten, wie sehr er sich darauf gefreut hatte. Deshalb meinten die Eltern, er solle einfach rechtzeitig die Arbeit beenden. Er entgegnete, er würde am Nachmittag mit der Arbeit fertig sein. Ein letzter Schluck Kaffee, dann stand er auf und ging an die Arbeit.

Seine Tätigkeit erledigte er mit Ausdauer und gewissenhaft und so konnte er sich irgendwann, als alles getan war, entspannt zurücklehnen. Da er ja am Abend fit sein wollte, legte er sich noch ein bisschen schlafen.

Pünktlich weckte ihn der Wecker und er machte sich bereit, dem Glück ins Auge zu sehen. Wie es sich für einen Burschen aus den Bergen gehört, trug er eine Lederhose, ein weißes Hemd und Haferlschuhe. Er verabschiedete sich von den Eltern, die ihm eine kleine Taschenlampe mitgaben, und sie wünschten ihm einen schönen Abend. Der Weg auf dem Pfad war trocken, und es war später Nachmittag, als er die ersten Häuser des Bergdorfes sah. Der Tourismus kannte hier noch nicht die Auswüchse wie in anderen Bergdörfern der Schweiz, trotzdem gab es im Dorf auf halber Höhe zwischen Berg und Tal alles, was man brauchte, um den Alltag des Lebens zu bewältigen. Häuser, die mit Schindeln gedeckt waren, romantisch und heimelig zugleich; enge Gassen, die besonders in der Abenddämmerung Herz und Seele verzauberten, und der Gletscher, der nahe bis zum Dorf reichte; das alles gab dem Dorf zwischen Himmel und Hölle einen hochalpinen Charakter und wer Glück hatte, konnte auf der Wiese oberhalb des Dorfes Murmeltiere beobachten. Die Dorfgemeinschaft war hier noch ein gelebtes Gut, und die Feste wurden gefeiert, wie sie fielen. In dem Bergdorf im Kanton Wallis schien die Zeit stehen geblieben zu sein. Verwitterte und urig aussehende Wohnhäuser, deren Fenster und Türen wie geheimnisvolle Seelen wirkten;

Gebetsfahnen, wie man sie aus Tibet kannte. Gasthäuser sind nicht gleich Gasthäuser, denn ein Gasthaus, welches es hier gab, war wie ein Juwel unter den Behausungen. Der Stadtlärm war hier unendlich fern, und Naturschutz schien hier nicht nur ein Wort zu sein. Alles lud zum Verweilen, Staunen und Nachdenken ein. Von allen Flecken und Ecken der Straße, von den meisten Standpunkten im Freien aus sah man Berge und Gipfel in all ihrer Schönheit und Güte, wild und stolz und so vertraut! Menschenstimmen waren zu hören, fröhliche Musik klang an sein Ohr, und die gesunde Luft der Berge umschmeichelte sein Gemüt.

Immer näher kam er den Schwingungen der Töne, als er an einem Haus mit Schweizer Flagge vorbeikam; sein Blick wanderte zum Platz mit dem Brunnen hinüber, dem er nun entgegenlief. Junge, Alte, Männer und Frauen, der ganze Ort schien hier versammelt! Der Platz, der sich um den Brunnen, einen einfachen Holzbrunnen, ausbreitete, war gepflastert, Bänke und Tische waren geschmückt, die Sonne schien, der Moment selbst machte den Ort zu einem Kleinod der guten Laune. Der junge Mann stürzte sich also ins Leben und nahm daran teil.

Er suchte sich noch keinen Platz an einem der Tische, sondern holte sich erst etwas zu trinken, eine Kleinigkeit zu essen, anschließend kümmerte er sich um eine Sitzgelegenheit, die er auch ohne große Umstände fand. So hockte er da, bei Speise und Trank, ließ es sich schmecken und erfreute sich an den Musikstücken, mit denen fesche Mädels und noch schneidigere Burschen die Zuhörer erfreuten.

So vergingen die Stunden, und er vergaß fast die Zeit, da er auch mehrmals tanzte und das Gespräch mit den Einheimischen und den Gästen suchte. Am frühen Abend, als so mancher Tisch sich leerte und so mancher schon auf dem Weg nach Hause war, stand auch er auf und wollte gerade gehen, als er sie sah. Eine junge Frau, mit langen, schwarzen Haaren, so schön wie die stolzen Berge, die über dem Dorf lagen; so sinnlich und so bezaubernd wie ein Sonnenuntergang und mit einem Leuchten in den Augen, dass ihm den Verstand raubte. Wer war nur diese unbekannte Schöne, die sich ohne zu fragen in sein Herz drängte? Jedenfalls war diese Begegnung sicher kein Zufall, wie er sich sagte. Dann erwiderte sie seinen Blick. Die Welt stand still, die Romantik des Moments, oder war es die Magie des Augenblicks, er wusste es selbst nicht, verzauberte ihn wie in einem Liebesfilm. Vielleicht sollte er sie ansprechen, sich einfach nur mit der Stimme an sie verschenken, vielleicht würde sie sich sogar darüber freuen. Die Einsamkeit schien irgendwo weit weg, die Liebe wie ein Lied der Berge. Als sie dann immer wieder einmal zu ihm und er immer öfter zu ihr blickte, ohne sie in die Enge zu treiben, ging der Verstand seinen eigenen Weg. Ihre Blicke schmeichelten einander und ihm wurde ganz schwindelig. Sie lächelte ihn an. Die Zeit wurde neu geordnet. Was um beide herum geschah, wurde zur Nebensache. Zwei Herzen hatten eine Ebene gefunden, wo Geist und Seele sich umarmten. Voller Neugier ließen sie sich aufeinander ein, ließen sich ein auf das Spiel der Spiele, der Gefühle ohne angezogene Handbremse.

Ganz vorsichtig und ganz behutsam näherten sie sich einander. Sie erzählten sich voneinander, lachten und scherzten. Noch bevor der Kopf ja sagte, küssten sie sich erst auf die Wangen und dann auf den Mund. Es war wie eine Explosion, es war mehr. Der Himmel schien fast schon andächtig seinen Segen zu geben und die Gletscher und Grate und Gipfel, die wie stumme Zeugen in den Himmel ragten, standen in glutroten Flammen. Noch dazu war mittlerweile die Dorfbeleuchtung eingeschaltet worden und tauchte alles in ein Lichtermeer, ihre Sehnsucht und ihre Hoffnung. Irgendwie spürten wohl beide, dass sie nicht mehr zurückkonnten und das auch nicht mehr wollten. Die Schatten der Nacht, die inzwischen die Sterne am Himmel so richtig zum Leuchten brachten, machten ihnen keine Angst, schließlich schossen sie mit ihren Gefühlen mitten ins Herz des anderen. Vielleicht spürten sie wirklich die Liebe, die es nur einmal in ihrem Leben geben konnte?

Alles roch nach Samt und Seide, als sie sich dann das Bildnis der Rosen schenkten, so nah, wie sie nur konnten; gerade so weit, um sich nicht aus den Augen zu verlieren. Danach war alles nur noch ein Traum, ein Traum, der nie enden durfte. Sie lachten, sie tanzten miteinander, sie glichen ihre Körpersprache einander an, sie brauchten keine Worte, um zu verstehen. Es sollte einer der schönsten Abende ihres Lebens werden. Sie tanzten und lachten, berührten und küssten sich, umarmten und liebkosten sich, beide fanden die Türe ins Paradies, die doch nicht jeder findet! Doch auch sie wollte ihre Ausbildung zur Tierärztin beenden, in einer weit entfernten Stadt. Manchmal war es nicht leicht- er in der Stadt, in der er praktizierte, und sein ganzes Glück, seine große Liebe; so unendlich weit weg. Deshalb besuchten sie sich, sooft es ging. Doch keiner der beiden wollte auf Dauer nur eine Fernbeziehung führen oder sich nur am Wochenende sehen. Also kauften sie, als die Zeit dafür gekommen war, ein

Grundstück, bauten ein Haus und zogen dort ein; ein Dorf entfernt von seinem Heimatdorf. Das Glück begann neu. Wenn er sie brauchte, war sie für ihn da; wenn sie ihn brauchte, war er für sie da; beide halfen sich, wo es ging, und sie unterstützten sich gegenseitig bei der täglichen Hausarbeit. Es gab harte Winter und wunderschöne Sommer; es gab Feste und Bräuche, die für das Dorfleben wichtig waren, und es gab Tage, wo sie dankbar für jedes kleine Glück waren. Das Dorf wuchs und manche zogen fort, manche blieben, und einige fanden hier Arbeit und ein Dach über den Kopf. Manchmal zählten sie die Sterne am Himmel, dann die Küsse, die sie sich gaben. Dann bekamen sie eine gesunde, bildschöne Erbin, und ein kleiner Erbe wurde auch noch geboren!

Dann kam der Tag – ein geschenkter Tag, wie es jeder Tag im Leben ist –, an dem die ersten wärmenden Sonnenstrahlen über die Berggipfel kletterten und die Zeit dem Jetzt und Hier ihren Willen aufdrängt. Das gemeinsame Frühstück mit Frau und Kindern verzauberte den Tag und schenkte tiefe Dankbarkeit in Herz und Seele, so wie es schon bei den Eltern war. Auch die Alm, auf der er einst die Semesterferien verbracht hatte, ließ er nicht verfallen. Dies war Ausgleich und Freude gleichermaßen. Zwar lebte er jetzt ein Dorf weiter, aber es zog ihn immer wieder dorthin, wo die Stille noch zu ihrem Recht kam. Auch heute wollte er sich wieder auf den Weg zur Alm machen. Seine Frau küsste ihn lang und intensiv und bat ihn, er solle auf sich aufpassen. Seine Blicke streichelten ihr Gesicht und liebkosten ihre Seele, als er ihre Blicke erwiderte! Dann drückte sie ihm die für ihn vorbereiteten Brote in die Hand, die er im Rucksack verstaute. Der Weg war ihm vertraut. Er küsste sie ein letztes Mal und ging los, in gut einer Stunde würde er auf der Alm sein. Doch zuvor wollte er noch die Ziegen um sich scharen, die ihn begleiten sollten. Er kannte sie alle mit Namen, ob diese nun Susi, Alma, Tim oder Peter hießen! Eines der Tiere hatte so ein weiches Fell, ein anderes gab mehr Milch, ein weiteres fand er schöner als die anderen, doch dies alles war nicht entscheidend; jedes Tier war für ihn wertvoll und jedes kranke oder gar tote Tier wäre traurig und ein Verlust. Er mochte alle und hatte immer Zeit für eines der Tiere; doch die Liebe zu seiner Frau übertraf dies alles.

Der Weg zu den Weideplätzen war an manchen Stellen steil und gefährlich, und eine Stelle war besonders kritisch. Doch weiter oben gab es nun mal das beste Gras, frisches Quellwasser und einen Zauber, dem er immer wieder erlag. Die Tiere waren diesen Weg gewohnt, und er war mit den Gefahren am Berg vertraut, ebenso wie mit den Wetterzeichen am Himmel. Doch war es Schicksal oder Unglück? – keiner konnte sagen, was geschehen war, als schließlich ein anderer Senner die Leiche des abgestürzten Mannes etwa hundert Meter tiefer auf einem Felsvorsprung fand. Als man der Frau die Nachricht überbrachte, weinte sie einen ganzen Tag und eine ganze Nacht lang!

Und die Sage erzählt, dass jeden Abend vor Vollmond, wenn die Sonne glutrot hinter den Bergen untergeht, der Wasserfall für einige Sekunden – für alle, die den Schmerz einer verlorenen Liebe spüren und fühlen – sich weinrot verfärbt.

## Das Geschenk

Er ging im Streit von ihr, ohne sich zu entschuldigen. Er spürte Verachtung und nicht Wut. Verachtung, die vorerst jedes Verzeihen unmöglich machte. Er wollte den Menschen im Dorf vor lauter Bitternis nicht einmal mehr die Hand reichen und schwor den Frauen bis auf weiteres ab. Er hatte ein wenig Erspartes und kaufte sich eine kleine Hütte am Rande des Waldes, wo er allein mit sich und seinen Gedanken war. Nur eine Handvoll Männer, die mit ihren Frauen schon lange nicht mehr redeten und auch seiner Meinung waren, hielten noch zu ihm und besuchten ihn dort. Was ihm blieb, waren ein verbittertes Herz und die Tiere des Waldes, mit denen er von Tag zu Tag mehr gut Freund wurde. Häufig ästen dann die Tiere des Waldes direkt vor seiner Haustüre und oftmals beobachteten er und seine Freunde den Sonnenuntergang oder zählten in so mancher sternenklaren Nacht die Sterne am Himmel. So richtete er es sich ein und war mit sich und der Welt zufrieden, so redete er es sich jedenfalls ein. Anfangs ging das auch irgendwie, doch mit der Zeit wurden ihm das Schöne fahl und Tage des Kummers schwer; selbst das Tagebuch half irgendwann nur noch begrenzt. So zogen die Jahre ins Land und die Zeit verging.

Einmal, als die Sonne gerade am Horizont aufging und begann, ihren Glanz zu versprühen, lieblicher Vogelgesang in der Luft lag und ein Lachen über das Gesicht des jungen Tages huschte, ging er wie jeden Morgen zum Bach, um sich zu erfrischen. Doch dann kam erneut die Erinnerung zurück, die Erinnerung an den Streit. Es waren unschöne Worte gefallen, sie hatte mit Geschirr nach ihm geworfen, doch wie war es überhaupt so weit gekommen? Es war eine Kleinigkeit, die beide so berührte. Es war ihr Hochzeitstag, den er vergaß. Was dann geschah, konnte er bis heute nicht verstehen. Eine Träne rann ihm über die Wange. Denn er spürte, er liebte sie immer noch. Wo würde sie gerade sein? Er wusste es nicht. Irgendwann verlor sich der Gedanke.

Er bemühte sich wieder um den Augenblick. Der Himmel war leergefegt von allen Wolken und die Ruhe wie unbezahlbarer Juwel. Demut lag in letzter Zeit in seinem Blick. Ein erster Sonnenstrahl streichelte den nackten Oberkörper, und Morgendunst lag noch immer auf der Wiese vor dem Haus. Er begrüßte die Tiere des Waldes, wie er es immer tat. Doch seine Freunde schienen seine Nachdenklichkeit zu spüren. Der Tau wich langsam, aber er wich. Irgendwann verließ er zumindest für kurze Zeit das Tal, und seine Freunde begegneten ihm überall. Viele kannte er beim Namen; vielen half er aus Fallen, die es in der Umgebung immer wieder gab und die von ein und derselben Person aufgestellt worden waren. Vielen der Geschöpfe schenkte er einfach nur seine Zeit; Zeit, die auch für ihn nicht rückwärtslief. Als er vor dem Bach stand, sah er sein eigenes Spiegelbild.

Ein bisschen verwittert, aber sonst noch gut anzuschauen, wie er sich selbst einredete. Er streckte und reckte sich, ging danach auf beide Knie und beugte sich anschließend zum Wasser hinab. Die Frische des Baches tat ihm gut, als er sich schließlich ganz auszog und ein Vollbad nahm, eines seiner morgendlichen Rituale. Einige Zeit danach trocknete er sich ab, zog sich wieder an und wollte sich gerade auf den Weg zurück zu seiner Hütte begeben, als ein Schmetterling seinen Weg kreuzte. Er sah ihm lange nach und erfreute sich an seinen Farben. Irgendwann erreichte er das Haus. Das Wetter schien zu halten. Vielleicht wollte er heute noch Holz schlagen gehen, doch der Magen knurrte schon jetzt. Deshalb ging er zurück ins Haus und holte ein Gefäß, um dieses mit Wasser zu füllen. Warum hatte er nicht gleich daran gedacht? Egal, also ging er nochmals den Weg zum

Bach, füllte das Gefäß und wollte gerade wieder zurück zum Haus laufen, als ihm sein Freund, der einzige Freund, den er wirklich hatte und der in der nächsten Stadt wohnte, entgegenkam. Der gelernte Schumacher stellte das Gefäß ab, lief ihm entgegen und begrüßte ihn. Man umarmte sich, und der Schumacher bat seinen Freund, da er nun schon mal hier sei und er sicher nicht den langen Weg gemacht habe, nur um grüß Gott zu sagen, mit ihm zu frühstücken. Sein Freund, der Schneider, nahm dankend an, und der Schuhmacher spürte sofort, dass irgend etwas nicht stimmte, sagte aber noch nichts. Im Haus stellte er einen Topf mit dem Wasser auf den Herd und sorgte für Feuer in dem alten, gusseisernen Ofen. Derweil setzten sich beide und unterhielten sich.

Kein Wort zu viel, keine Silbe zu wenig, der eine ließ den anderen ausreden und der andere hörte zu und umgekehrt! Kleinigkeiten wurden wichtig und allmählich entstanden Bilder, entstanden Gefühle, die unter Freunden mehr sagen als tausend Worte. Das Feuer brannte inzwischen und das Wasser erwärmte sich langsam. Die Wärme, die nun auch den Raum ein wenig erfüllte, tat beiden gut. Die letzte Nacht war für beide doch empfindlich kalt gewesen. Fleisch und Speck tischte der Schumacher auf, dazu gab es Tee. Sie waren glücklich vereint und alles ging seinen Gang. Da stellte der Schneider die Tasse zur Seite, sah seinen Freund, den Schumacher, an und meinte: „Du bist morgen herzlich eingeladen, ich würde mich sehr freuen!"

Beide lachten sich an.

„Sei gegen 10 Uhr früh bei mir. Die Feier soll den ganzen Tag gehen. Ich habe alle meine Freunde eingeladen, und es gibt gutes Essen; so wie du es liebst, du weißt schon! Und natürlich kannst du bei mir auch übernachten. Du weißt, mein Gästebett ist für dich immer frei!"

Beide umarmten sich erneut. Dann frühstückten beide Freunde weiter und tranken Tee. Man ließ sich Zeit. Doch irgendwann meinte der Schneider:

„Ich will nun gehen. Ich habe noch Vorbereitungen zu treffen. Morgen können wir uns stundenlang unterhalten!"

Der Schuhmacher fragte nicht nach, er respektierte seine Entscheidung. Dann verließ der Schneider das Haus seines Freundes, und der alte Mann war allein. Doch plötzlich bekam der Schumacher ein schlechtes Gewissen. Sein Freund hatte morgen Geburtstag und er hatte noch kein Geschenk. Würde er ihm das verzeihen? Er dachte nach. Er senkte den Blick zu Boden. Seine Hände zitterten. Er schaute auf die Uhr, Zeit blieb ja noch. Er setzte sich auf die Bank rechts neben dem Ofen. Er spielte mit der leeren Tasse, die auf dem Tisch stand. Er wusste auch nicht, was er ihm schenken sollte! Er stand auf und lief durch den Raum, schaute sich um, doch er konnte sich für nichts so recht erwärmen.

Sein Freund hatte doch alles. Und eine Streichholzschachtel wollte er ihm auch nicht gerade schenken. Geräucherte Wurst und Speck, doch beides brauchte noch ein bisschen Lagerzeit. So beschloss er, für den Rest des Vormittags Ausbesserungen am Haus durchzuführen, seine vorgesehene Tätigkeit zu verschieben und am Nachmittag in die Stadt zu gehen, um ein Geschenk für seinen Freund besorgen. Sogleich stürzte er sich in die Arbeit. Dabei vergaß er für den Augenblick das Geschenk und seinen Freund. Es ging auf Mittag zu, und er freute sich schon auf eine ordentliche Mahlzeit. Diese genoss er in vollen Zügen. Dann spülte er ab, räumte den Tisch ab, zog sich bessere Kleidung für die Stadt an und ging aus dem Haus. Die Sonne stand gerade an ihrem höchsten Punkt, und er bog in den Weg ein, der am Haus vorbeiführte und ihn in die Stadt bringen sollte. Plötzlich hörte er ein Wimmern. Er blieb stehen. Er drehte sich um. Woher kam es? Erneut dieses Wimmern. Er lauschte dem Jammern. Dann ging er dem Geräusch nach in den Wald hinein.

Der Wald wurde dichter. Dann, etwa hundert Meter hinter dem Haus, sah er es, das Reh. Es schien Angst zu haben, doch er konnte es beruhigen. Doch was er sah, ließ ihn schaudern.

Das Tier war in eine Falle geraten. Er wusste, dass ein Wilderer hier Fallen aufstellte, doch so nah an seiner Hütte! Es galt dem Tier zu helfen, um den bösen Menschen konnte er sich später kümmern. Er trat also an das Tier heran, kniete sich nach unten und stemmte vorsichtig die Eisen auseinander. Das Tier wimmerte. Er strich ihm über das Fell. Das Tier beruhigte sich etwas, trotzdem konnte er spüren, wie es litt. Also legte es auf das Moos neben sich, und machte die Falle, die dem Reh vermutlich das Leben gekostet hätte, wäre er nicht gekommen, unbrauchbar.

Dann hob er das verletzte Reh auf die Arme und ging zum Haus. Er öffnete die Türe, trat ins Haus und legte das Tier auf den Tisch. Dort verarztete er es, er wusch die Wunde aus, desinfizierte diese und legte einen Verband an. Doch er spürte, dass es hier mehr brauchte als nur ein paar Handgriffe. Dabei vergaß er die Zeit, und es wurde später Nachmittag. Die Sonne versank hinter dem Horizont und die Nacht kam über den Fluss herangeschlichen. Das Tier schien aus dem Gröbsten heraus zu sein. Es richtete seine Augen auf ihn. Augen, die ihm sagten, dass er richtig gehandelt hatte, die ihm dankten. Er ging kurz aus dem Haus, um sich ein wenig die Beine zu vertreten. Die Sonne versank gerade hinter dem Horizont. Da plötzlich spürte er, dass er irgend etwas vergessen hatte. Dann erinnerte er sich, sein Freund! Sein Freund, der Schneider; hatte morgen Geburtstag und er hatte noch kein Geschenk. Er hatte ja eines kaufen wollen, aber dann brauchte das Tier seine Hilfe, und das war im Moment wichtiger gewesen als sein Freund. Eine Träne lief ihm über die Wange. Er schaute auf die Uhr, es war spät geworden, und er war müde. Was sollte er tun? Er wusste es nicht. Er begann zu frieren, er zog sich den Kragen des Mantels nach oben. Erst jetzt bemerkte er, dass er noch seine Sonntagskleider anhatte. War jetzt auch schon egal. Er ging zurück ins Haus. Dann trat es an das Tier heran. Es hatte ihn bemerkt. Nun beugte er sich nach vorne und öffnete den Verband. Die Wunde schaute gut aus. Anschließend legte er einen neuen Verband an und setzte sich auf die Bank. Die Minuten verstrichen, und er schlief ein.

Als er aufwachte, ging gerade die Sonne auf. Irgendetwas hatte ihn geweckt, irgendetwas fuhr ihm über den Mund. Er öffnete die Lider und sah dem Tier, das ihn gerade mit der Schnauze den Mund geleckt hatte, in die Augen. Es lebte, und wie es lebte, dank seiner Hilfe. Eine Träne rann ihm über das Gesicht. Dann fiel sein Blick auf die Uhr, dann dachte er an seinen Freund und dann überkam ihn Panik. Sein Geburtstag, er hatte kein Geschenk für ihn. Er schaute das Tier an, aber es verstand ihn nicht. Er rannte aus den Haus und sah seinen Freund, der ihm entgegenlief.

Etwas Schlimmes war passiert. Der Schumacher sah es sofort. Er bat ihn, alles zu erzählen.

„Als ich gestern bei einer Routineuntersuchung war, sagte mir der Arzt, ich habe Krebs; zu allem Unglück ist mir gestern auch noch mein Haus abgebrannt, mit all meinem Hab und Gut!"

Sie umarmten sich, und der Schumacher sagte nur:

„Du hast in mir einen Freund, einen wirklichen Freund, das weißt du!"

## Der Bergkristall

Irgendwo in einem kleinen Haus am Waldrand lebte einmal ein
Mann ohne Ziel und Plan in den Tag. Der Kummer saß zu tief,
und einen Halt konnte ihm die Gesellschaft nicht mehr geben.
Die Natur gab ihm alles was er brauchte, so glaubte er. Doch das
Gegenüber, ein Spiegel seines eigenen Selbst, fehlte ihm doch,
vor allem ein anderes Du.

Und so sagten sich in seiner Welt Hase und Igel gute Nacht, der
Kamin in seinem Haus wurde immer mehr zu Asche und Glut.
Kein Liebesglück, um die Einsamkeit zu vergessen; keine
Freunde, um den Teufelskreislauf zu durchbrechen; stumme
Wände, die schwiegen, sein Leben schien immer mehr aus der
Bahn zu geraten; die göttliche Ordnung allein war zu wenig.
Denn jede göttliche Ordnung, wie er in sich spürte, ist ohne ein
eigenes Ich und ein anderes Du ein Spielball, ein Blatt im Wind.
Doch aufgeben, aufgeben wollte und konnte er nicht, um keinen
Preis der Welt. Dem Bier und Wein hatte er abgeschworen, dem
Schnaps schon lange Zeit zuvor, was blieb, war die Erinnerung
an seine Frau. Irgendwann hatte sie ihn verlassen, warum,
konnte sie ihm auch nicht erklären. So fiel er tiefer und tiefer,

und wären da nicht die Hoffnung und sein Traum, wäre vielleicht schon Schreckliches passiert.

Die schweren und großen Stämme aus Eichenholz, das er selbst für sich und seine Frau geschlagen hatte, wurden immer mehr zu einer finsteren Bedrohung; die Wände, die er mit Moos sorgfältig abdichtete, wie ein eigenes Gefängnis, und die Decke der Hütte wie ein Himmel ohne Geigen. Was blieb, waren die lautlosen Schmerzen, die keiner sah und noch weniger jemand hörte, so dass er an diesem Abend erneut die Truhe an der Wand, rechts von der Eingangstüre seines Hauses, öffnete und in Erinnerungen schwelgte. Er strich mit der Hand über die Bilder und senkte den Kopf, er wollte ganz nahe bei ihr und seinen verlorenen Träumen sein. Gedankenverloren setzte er sich dazu auf den Eichentisch im Zimmer, auf dem eine Kerze brannte. Dann schluchzte er. In dem Doppelbett im Raum schlief er aus Prinzip nicht mehr, der gusseiserne Herd hatte schon bessere Zeiten erlebt, und auf einem der Stühle an einem der Fenster stand die Schüssel, die er immer noch dazu verwendete, sich zu waschen. Das Einzige, was ihn ein bisschen auf andere Gedanken brachte, war der kleine Garten vor dem Haus, in dem er Gemüse und Obst anbaute. Diesen pflegte und hegte er wie sein einziges Kind, und er freute sich jedes Mal, wenn er darin etwas Ernten konnte.

Vielleicht wäre er elendig zugrunde gegangen, wären da nicht die Berge rings um das Haus, auf denen er immer wieder wegen seines gebrochenen Herzens Touren unternahm; und ab und zu besuchte ihn ein Freund, den er schon von der Schule kannte und den er auch nicht abwies. Was ihm so zusetzte, das war in all den Stunden der Sehnsucht nicht das Alleinsein, sondern die Einsamkeit! Bei diesen seltenen Besuchen wurde der triste Alltag zu einem Festtag. Stunden wurden mit anregenden Gesprächen verbracht und Vergangenes aus der Jugendzeit wurde neu belebt.

Doch viel zu oft und viel zu lang war er allein! Es fiel ihm auch immer schwerer, sich der Malerei und dem Schreiben, seinen großen Begabungen, zu widmen.

Eines Tages, als die Sonne am höchsten Stand und Vögel ringsherum sangen, dachte er nach, über das warum und weshalb, ja wieso. Gab es überhaupt ein Richtig oder Verkehrt? Er saß auf der Holzbank vor der Hütte und ließ seine Gedanken umherwandern. Irgendwann jedoch musste er sich ablenken, weil ihm alles zu viel wurde. Also stand er auf und ging hinters Haus, holte den Holzstock und stellte diesen auf die vom heißen

Sommer ausgetrocknete Wiese vor dem Haus. Er wollte gerade mit dem Beil, das er aus dem kleinen Schuppen, der sich neben dem Haus befand, geholt hatte, das Holz in der Mitte teilen, als er Schreie hörte. Er zuckte zusammen, er hob den Kopf, schaute um sich. Schreie, hier draußen, was war nur los, die gab es hier ja sonst nur alle Sonntage oder Feiertage? Dann wurde es still. Doch dann wieder diese Schreie! Was sollte er tun? Er war sich unsicher. Mit einem flauen Gefühl im Magen wollte er gerade wieder mit der Arbeit beginnen, als er erneut Schreie hörte. Doch diesmal schienen sie näher zu sein. Er hob erneut den Kopf und hoffte, die Ursache dafür herausfinden zu können. Doch nichts. Augenblicke lang. Dann knackte ein Ast, das Rauschen des Baches wurde erneut von einem Schrei unterbrochen. Er legte das Beil auf den Boden und zog die Oberlippe nach oben. Plötzlich sah er sie, eine weibliche Person, die hinter dem Haus direkt in seine Arme zu laufen schien. Ihre Erscheinung, ihre Gesichtszüge und ihre Kleidung, die Blicke und eine Narbe im Gesicht – alles ließ sie wie eine 80Jährige wirken. Das Kopftuch, das diese Person trug, verdeckte die Ohren, und ihre Bewegungen waren hektisch und nervös. Doch er glaubte die Person zu kennen, die Frau mied seinen Blick. Er wollte nichts riskieren, er wollte sie nur im Auge behalten, das war wichtig.

War es wirklich nur die Angst, was sie so hatte schreien lassen?

Dann sagte diese Person zu dem Einsiedler:

„Können Sie mich verstecken, eine Eule ist hinter mir her!"

„Eine Eule!"

„Ja, eine Eule, und nun helfen Sie mir bitte. Die Eule ist nämlich eine Hexe, die sich verwandelt hat, um nicht erkannt zu werden. Doch ich habe sie durchschaut, und es wäre ja alles nicht so schlimm, wenn sie nicht hinter mir her wäre!"

„Was haben Sie ihr denn getan?"

„Dazu fehlt die Zeit, ihnen das zu erzählen! Helfen sie mir jetzt oder nicht?"

Der Mann schaute sie an und sah und spürte erst jetzt, dass er etwas übersehen hatte. Sie hatte die Gesichtszüge und die Stimme einer Fünfundzwanzigjährigen; spielte da jemand ein falsches Spiel mit ihm? Dann überschlugen sich fast die Gedanken, die Augen und der Mund, es überkamen ihn Erinnerungen. Er spürte auf einmal mehr, als ihm lieb war. Ein Augenblick genügte, um zu glauben, dass er diese Frau kannte. Er griff nach ihrer Hand, aber sie wich aus; er wollte ihr tief in die Augen schauen, doch sie schaute an ihm vorbei. Dann durchschnitt der Schrei einer Eule die Stille. Beiden ging dieser durch Mark und Bein. Seine Hände begannen zu zittern und ihr

Mund war weit offen, beide schienen tiefer und tiefer zu fallen. Wer zog wen mit oder wer fing wen auf? Diese Frage konnte nicht so leicht beantwortet werden. Die Frau neigte den Kopf zur Seite. Dann sah er sie, die Eule. Fast regungslos saß das Tier auf einem Baumstumpf, nicht mal vier Meter von beiden entfernt. Das Spiel konnte beginnen. Der Mann sagte zu der Frau:

„Vertraue mir und stelle dich der Eule. Ich kann dafür sorgen, dass alles gut wird!"

Die Frau presste die Lippen aufeinander und schlug auf ihn ein. Er hatte alle Hände voll zu tun, sie zu beruhigen. Die Eule saß immer noch auf dem Baumstumpf und beobachtete beide. Der Mann glaubte zu wissen, wer die Frau war. Irgendwie dachte er gar an eine Seelenverwandtschaft, doch ihm fehlte der Mut, die Frau, die wie eine 80-Jährige aussah, darauf anzusprechen. So sagte schließlich die Frau zu ihm:

„Vertraue mir!"

Danach drehten sich beide um und schauten der Eule in die Augen. Als die Frau sich plötzlich wie magisch angezogen an ihn schmiegte, gab es für ihn keinen Zweifel mehr. Doch die Eule mit ihrem flauschigen Gefieder und den schwarzen Augen lächelte und meinte:

„Ein hübsches Pärchen! Und du dummes Geschöpf glaubst wirklich, du kannst vor mir fliehen. Falsch gedacht: Denn, dass du mir meinen Bergkristall geraubt hast, kann ich dir nicht verzeihen. Er besitzt magische Kräfte!"

„Das wusste ich nicht und geraubt habe ich ihn dir sowieso nicht! Trotzdem ist er einfach nur wunderschön!", rief die Frau.

„Wunderschön wie die Liebe!", bemerkte der Mann.

„Diese Frau willst du lieben!", höhnte die Eule.

„Schau sie dir an. Alt, Falten über Falten und gebrechlich wie ein 80-Jährige!"

„Wie eine 25-Jährige!", entgegnete der Mann.

Die Eule flatterte aufgeregt hin und her. Hatte jemand ihr Geheimnis gestohlen? Wind kam auf, ein Blatt fiel vom Baum und das Rauschen des Baches war im Hintergrund zu hören. Doch was hatte es mit dem Bergkristall auf sich? Dies wussten nur die Eule und der Mann, der der Frau nun durch die Haare strich, einfach und doch wunderschön. Ein Adler kreise durch die Lüfte. Da plötzlich funkelte etwas zwischen den dreien im Gras. Es war der Bergkristall. Hatte die Frau ihn verloren? Es schien so. Doch ehe der Mann oder die Frau reagieren konnte, schwang sich die Eule auf und schnappte sich den Bergkristall. Die Frau kannte das Geheimnis des Diamanten nicht, der Mann schon; er wusste spätestens jetzt, dass es seine Frau war, die er umarmte, und sie wusste das auch, sagte aber nichts. Beide spürten und fühlten auch ohne ein Wort. Dann küssten beide sich leidenschaftlich. Alles wurde Raum und Zeit, alles wurde zu einem Gedicht, nichts war mehr, wie es vorher war. Die Eule schrie, was beide gar nicht mehr hörten. Dann passierte alles innerhalb von Sekunden, das Tier brannte lichterloh, es blieb nur noch Asche zurück und der Wind blies die Reste in alle Himmelsrichtungen. Der Bergkristall hingegen blieb heil, er lag am Boden und glänzte in der Mittagssonne. Die beiden schauten sich an. Ihre Augen, ihre Lippen, ihr Lachen, ihre Stimme, das war es, was ihm so lange und so oft gefehlt hatte; seine eigene Frau. Beide konnten kaum reden, beide konnten kaum stehen, aber beide sprachen von dem Wort Liebe.

Und als er zu ihr sagte: „Ich habe dich vermisst", und sie ihm antwortete: „Du hast mir gefehlt", da vereinigten sich die Seelen der beiden!

„Jetzt wird alles gut!", sprach der Mann.

„Bestimmt!", entgegnete die Frau.

Dann gingen sie dorthin, wo der Bergkristall lag, und nahmen ihn mit in die Hütte, die sie nun aufsuchten. Dort ließen sie sich Zeit, Zeit, in der sie sich erzählten und erzählten, sich liebten und liebten, bis sie irgendwann vor dem Kamin Zärtlichkeiten verschenkten. Bis in die Nacht hinein, bis die Sterne erzählten und irgendwann glaubten sie, dort droben einen neuen Bergkristall erkennen zu können!

## Die Geschichte von der Schildkröte und dem Pfau

Die einen schaffen es nie, sich ins rechte Licht zu rücken, die anderen können nicht genug davon kriegen, es zu tun. Die Sonnenuntergänge des Pazifik bringen so manchen Maler zum Verzweifeln und verliebte Pärchen zum Träumen. Dass gerade hier sich die Begebenheit mit der Schildkröte und dem Pfau abspielt, ist Ironie des Schicksals.

Und so geschah es eines Tages, dass sich die Schildkröte erneut auf den Weg zu ihrem Lieblingsplatz machte. Da es jedoch für manchen Leser wohl zu lange dauern würde, wenn wir über den ganzen Weg berichteten, erreichte die Schildkröte just in diesem Moment ihren Lieblingsplatz, wo sich alles zu einem Bild zusammenfügt. Ihr Atem ging ruhig und die Sorgen waren weit weg. Der unendliche Horizont, der schneeweiße Sandstrand, das türkisblaue Wasser reichten sich die Hände, die Brandung summte ihr Lied. Zukunft und Vergangenheit vermischten sich. Hier erlebte Emma das erste Abenteuer und die erste Liebe ihres Lebens, hier hatte sie Frieden mit ihrem Leben geschlossen, hier schien das Vergängliche eine andere Sprache zu sprechen. Leichter Wind schmeichelte ihr, die Südsee machte sich breiter als breit. Unendlichkeit bis zum Horizont und darüber hinaus, hier, wo nichts den Blick störte; keine Hotels, keine Boote, einfach nichts. Es war Natur pur in allen Farben und Gerüchen, Nuancen und Gedanken, und die Schildkröte wusste genau, dass sie im Moment mit niemandem auf der Welt tauschen würde. Als schließlich die ersten wunderbaren abendlichen Farbenspiele einen blutroten Sonnenuntergang ankündigten, wurden ihr das Herz schwer und die Seele weit. In diesen Momenten glaubte sie immer, die ganze Welt würde sie umarmen. Die Zeit stand still und sie vergaß den Augenblick.

Plötzlich vernahm die Schildkröte ein ziemlich lautes Rascheln zwischen den Palmen in unmittelbarer Nähe. Dies Knicken und Brechen im Unterholz wurde immer heftiger. Wer nur störte die Ruhe, die sie sich gönnte? War es nicht ihre Ruhe, und davon stand ihr viel zu! Doch auf der anderen Seite war da vielleicht jemand, mit dem sie sich über Gott und die Welt unterhalten konnte. Sie würde es jeden Moment wissen. Dann wurden Zweige auseinandergedrückt, Blätter fielen zu Boden. Blicke huschten umher, und alles schien nun in Bewegung. Ihr war auch klar, dass der Sonnenuntergang jeden Abend alles mögliches Getier wie eine Lampe die Fliegen anzog; Emma gehörte ja selbst zu diesen magisch angezogenen Wesen. Da tauchte ein

Pfau aus dem Unterholz auf, stolz und eitel und rechthaberisch, wie sie zuvor noch keinen Pfau gesehen hatte. Der Pfau stolzierte zu ihr herüber und baute sich vor ihr auf. Seine Botschaft war eindeutig, sie lautete: „Wer sind schon die anderen. Ich bin der Beste und der Größte!" Von einer Tugend namens Achtung hatte er vielleicht schon mal gehört, aber alles nicht richtig verstanden. War er vielleicht deshalb ein Einzelgänger, weil er das Herz auf der Zunge trug? Emma überlegte und hoffte, seine Show würde sich nicht ewig hinziehen und einigermaßen im Rahmen bleiben. Der Pfau schaute Emma herausfordernd an. Diese meinte nur:

„Und was gedenkst du nun zu tun?"

„Das kommt darauf an, was du tust!"

Anfangs schien der Pfau etwas irritiert, doch dann tänzelte er auf der Stelle hin und her. Ihm schien es zu gefallen und als er auch noch frohlockte, wähnte sich Emma schon im verkehrten Film. Doch dem Pfau, der sich mächtig ins Zeug legte, war das egal und der Schildkröte schon hundertmal. Emma beobachtete die Bewegungen des Tieres vor ihr, die so aufreizend selbstherrlich waren, dass selbst der Sonnenuntergang ein Auge zuzudrücken schien. Einige Sekunden später meinte Emma trocken:

„Was willst du? Mir schöne Beine machen? Mach dich vom Acker, bitteschön!"

„Sieh an, sieh an. Ansprüche stellen. Ich denke gar nicht daran, dir den Gefallen zu tun. Ich präsentiere mich für dich und für die Welt!"

„Das ist mir ziemlich egal. Du störst nur noch!"

Die Sonne war kurz davor zu verschwinden, die Brandung rauschte mild und leise. Der Moment wurde zur Gewissheit. Eine künstlerische Note konnte man den Darbietungen des Vogels nicht abstreiten, doch musste es gerade jetzt und hier sein? Die Schildkröte studierte den Pfau, der Pfau studierte die Schildkröte und alles wartete auf den Moment, den nächsten Moment. Die Südsee sang derweil ihr eigenes Lied. Dann meinte Emma:

„Ich klatsche nicht Beifall, selbst wenn du Saltos schlägst!"

Der Pfau erhöhte erneut seine Schlagzahl und grinste wie ein Dreikäsehoch. Die Schildkröte sah immer mehr ein bestimmtes Muster in dessen Tun, kein Ritual; selbst die Einzigartigkeit seines tierischen Wesens schien für Emma kein Freibrief dafür zu sein, über die Stränge zu schlagen. Manchmal neigte Emma den Kopf zur Seite, um einen freien Blick zu haben. Doch dieser Pfau schien, was er sich einmal in den Kopf gesetzt hatte, bis zum Ende durchzuziehen, dabei wollte Emma ja nur den Augenblick, den Horizont genießen! Kannte der Pfau überhaupt seinen inneren Horizont, seine eigene Demut? Der Geist ist frei, und das Fleisch und Blut ist gefangen, wusste das dieser Pfau nicht? Egal, Emma konnte den Sonnenuntergang fühlen und spüren, das war vielleicht nicht optimal, aber besser als nichts.

Dem Pfau störte es nicht, dem Jetzt und Hier einen faden Beigeschmack zu geben, stattdessen schritt dieser, wie Adel nun mal verpflichtet, einher und schlug sein Rad. Ob es ein anderer Pfau besser konnte, wusste Emma nicht, aber es war seine Art, die ihr an ihm nicht gefiel. Dann trat der Pfau näher und näher an die Schildkröte heran. Blicke spielten mit der Zeit und die Gedanken mit der Schildkröte. Sie war auf der Insel eine bekannte Persönlichkeit, Tiere der Insel zogen sie bei Fragen, die Leben und Tod betrafen, zu Rate. Also hieß es Zehe um Zehe und Feder um Feder, als der weiße Sand schwieg. Der Pfau tänzelte auf der Stelle, drehte sich im Kreis und lobte sich selbst. Er strich sich über die Federn, senkte den Kopf und schaute die Schildkröte an:

„Genial, findest du nicht?"

Emma presste die Zunge an den Gaumen und spürte Wut in sich. Anfangs auf das Tier, später auf sich. Vielleicht konnte der Pfau ja gar nichts dafür, vielleicht konnte er gar nicht anders; aber sie konnte sicher was dafür, dass sie überhaupt noch hier war. Warum nur tat Emma sich das an, wer zwang sie dazu; nur Emma konnte daran etwas ändern, wenn sie wollte. Romantisch war sie ja schon immer, zudem ging es um ihren Seelenfrieden; nicht darum, anderen zu genügen. Das Auftreten des Pfaus nervte. So begann Emma endlich, dem Vogel ihren Ärger unter die Nase zu reiben. Doch der Pfau schien in seiner eigenen Welt zu leben, er dachte nicht daran, die Zugbrücke herunterzulassen. Deshalb wollte Emma sich gerade umdrehen, um zu gehen, als der Pfau ihr den Weg versperrte und meinte:

„Hast du etwa den Strand gepachtet?"

Emma sagte nichts, sie hatte das Federvieh längst durchschaut. Ein böser Blick der Schildkröte reichte und der Pfau bekam es mit der Angst zu tun. Deshalb fragte er etwas höflicher:

„Willst du schon gehen? Hast du etwa schon genug?"

Emma musste sich nicht rechtfertigen, schon gar nicht vor ihm. Der Pfau zeigte sich erneut in seiner ganzen Pracht. Jetzt aber erst recht, dachte er sich wohl. Selbstdarsteller, Schauspieler, Casanova, der Pfau schien sich gut ins rechte Licht rücken zu können, doch konnte er auch Liebe schenken, Liebe annehmen. Emma schaute zur Seite und schluchzte ein wenig.

„Hier bin ich, schau mich gefälligst an!“

Emma schenkte ihm ein Lächeln, weil dies der kürzeste Weg zum anderen Du ist. Es war auch echt, nicht aufgesetzt. Der Pfau hingegen hatte dafür nichts übrig, bei ihm galt schließlich das Leistungsprinzip. Irgendwie schien der seltsame Vogel mit falschen Karten zu spielen und gleichzeitig entrückt zu sein. Wie konnte er nur in den Irrtum verfallen, begehrt zu werden, wenn er nicht einmal sich selbst liebte? Dieser Vogel schmeichelte Emma in dieser Form seines Daseins nicht im Geringsten, in keinen Belangen, doch Emma spielte ihre Rolle gut. Leichter Wind kam auf und wirbelte so manches Blatt spielend leicht vor beiden dahin, die Wellen schienen in einen ganz besonderen Singsang zu verfallen und spielten seufzend einen Akkord, der sich irgendwann in den ausgedehnten Korallenriffen vor der Insel verlor. Solch eine Angeberei hatte sie noch nie gesehen, oder gehörte Klappern auf dieser Insel ihrer Träume neuerdings zum guten Ton? Emma ließ sich nicht beeindrucken und ließ Fleisch und Blut, und sei es nur in Gedanken, von den allerletzten Sonnenstrahlen küssen.

„Wie lange soll dieses Schauspiel noch gehen?“, fragte sie schließlich.

„So lange, bis ich genug habe!“, antwortete der Pfau.

Der Pfau konnte gar nicht genug von seiner eigenen Vorstellung kriegen, und selbst als die Sonne untergegangen war, plusterte er sich noch immer auf. Doch Emma, die Schildkröte, hatte im Grunde genommen schon zu lange zugeschaut. Sie sagte sich: „Lieber spät als gar nicht", verließ den Ort und kümmerte sich um die wirklich wichtigen Dinge des Lebens!

# Fridolin, der Laubfrosch

Eigentlich konnte er zufrieden sein. Er war kerngesund, hatte Nachbarn, mit denen man gut Kirschen essen konnte; die Sonne schien an diesem Tag, soweit das Auge reichte, und seine Wiese glich einem gedeckten Tisch, der keine Wünsche offenließ. Doch eine Frage beschäftigte ihn seit jeher:

„Wie definiert man Glück, was ist Glück?"

Deshalb beschloss er, an diesem Tag ein wenig die Grenzen seiner gewohnten Umgebung zu verschieben und über den Tellerrand zu schauen. Wiesen und Felder, ein Bach und Wege begrenzten seinen Garten Eden, wie er seine Wiese im Irgendwo nannte.

Es war fünf Uhr früh. Die Sonne ging gerade am Horizont auf, erste Laute waren zu vernehmen und der Tag begann. Fridolin öffnete die Augen, streckte und reckte sich und nahm den Moment wahr. Dann leckte er einen Schluck Tau ab, der die Spitze eines Blattes zierte, und ließ sich eine unscheinbare Wiesenblume schmecken. So gestärkt, begab er sich kurz darauf auf die Reise. Er war schon einige Zeit unterwegs, als er auf einen Feldweg traf, den er nun überquerte. Eine andere Wiese grenzte an diesen. Düfte, die der Nase schmeichelten, lagen in der Luft. Gräser und Sträucher wechselten sich ab. Wo und wie sollte er anfangen – konnte er nicht überall anfangen! Der erste Schritt, jeder Weg hin zu einem Ziel beginnt mit dem ersten Schritt. Also setzte er sich auf einen Grashalm und überlegte. Seine Blicke schweiften umher und musterten die Umgebung, vom Erdreich bis zu den Blüten, um ihn herum bis zum Horizont. Dann bemerkte er etwas, das sein Interesse weckte. Einen Regenwurm. Als er ihn mit „Hey, du" ansprach, erschreckte sich dieser fürchterlich. Daraufhin meinte Fridolin mit lauter Stimme zu ihm:

„Halt, Regenwurm, bleib hier, ich habe eine ganz wichtige Frage an dich!"

Da es zum Flüchten sowieso schon zu spät war, drehte er sich zu Fridolin. Etwas mürrisch und aufgeregt entgegnete er:

„Du hast Nerven, mich einfach so ansprechen! Weißt du, was ich riskiere?"

„Ich habe dich ja zu nichts gezwungen. Doch die Frage ist sehr wichtig!"

„Das hoffe ich für dich!"

Der Regenwurm streckte sich ein wenig und Fridolin, der Laubfrosch holte tief Luft und meinte dann:

„Was ist Glück?"

Der Regenwurm lächelte, wand sich nach rechts und nach links und schaute dann Fridolin tief in die Augen. Dann sprach er: „Glück! Was ist Glück! Glück ist so verschieden wie die Kreaturen auf dieser Welt. Als Regenwurm ist jeder Tag gefährlich. Die halbe Tierwelt und weiß Gott noch was trachtet nach unserem Leben. Da hat man es nicht leicht, da ist jeder Tag ein Geschenk!"

Fridolin schaute ihn an. Er überlegte, die Antwort schien ihm zu einfach, nicht überzeugend.

„Schön, dass ich dich getroffen habe, aber ich muss weiter!"

„Tu, was du nicht lassen kannst. Ich habe dazu nichts mehr zu sagen!"

Also hüpfte Fridolin weiter. Düfte, so süß wie die Liebe, zogen ihn an. Dann vernahm er ein Summen, das immer stärker wurde. Er entdeckte eine Biene. Sollte er dieses Tier fragen? Fragen kostet ja nichts, wie sein bester Freund immer meinte. Deshalb hüpfte er auf einer Blume, die der, auf der die Biene saß, am nächsten war.

„Biene, sag mir, was ist für dich Glück?"

Das Tier schien anfangs nicht auf die Frage von Fridolin reagieren zu wollen, dann jedoch ließ sie den Nektar unangetastet und wandte sich Fridolin zu. Sie musterte ihn. Etwas unscheinbar, aber nicht gefährlich, so war ihr erster Eindruck. Deshalb ließ sich die Biene auf das Gespräch ein.

„Seit wann stellst du dir diese Frage?", wollte sie wissen.

„Schon sehr lange!"

„Vermutlich schon zu lange! Ihr sag dir nun eines. Für dich ist Glück wahrscheinlich was Anderes als für mich. Ich kann nur für mich sprechen, nicht für dich! Ich weiß nur, dass ich den Nektar liebe! Dieser Geschmack, diese Süße, ich würde für Nektar sterben. Auch Menschen lieben Honig, der aus dem süßen Nektar ist, und ohne uns Bienen würden sie diese Köstlichkeit gar nicht genießen können. Das ist für mich Glück, der Nektar, die aufregendste Versuchung für uns Bienen!"

Sekunden des Schweigens, Bilder zogen an ihm vorbei, Fridolin hatte mehr erwartet.

„Reicht mir nicht wirklich!"

„Dann such weiter, du Dummkopf!"

Dummkopf, wie konnte diese Kreatur ihn nur Dummkopf nennen, das ging zu weit. Diese Biene konnte ihm gestohlen bleiben. Also setzte er seine Reise fort. Er überlegte, dass er ein wenig abtauchen, ein wenig tiefer im Blätterwerk sein Glück versuchen könnte. So hüpfte er zwischen hochwachsenden

144

Gräsern und Sträuchern etwas tiefer hin und her. Da sah er einen Tausendfüßler.

Die Frage lag ihm schon auf der Zunge, als dieses Tier ihn erblickte.

„Was bedeutet für dich Glück?"

Der Tausendfüßler blieb stehen und meinte:

„Du stellst Fragen!"

„Ist das nicht eine sehr wichtige Frage im Leben?"

„Du hast recht, vielleicht die wichtigste! Doch diese Frage kann ich dir nicht beantworten!", stellte der Angesprochene fest.

„Gib es doch zu, du willst nicht!"

Der Tausendfüßler verzog den Mund. Dann huschte ein Lächeln über sein Gesicht. Er neigte sich etwas zur Seite und meinte:

„Siehst du meine Beine. Leider fehlen mir einige. Hätte ich nur zwei, hätte ich nun ein Problem, doch da ich mehrere habe, ist das nicht weiter tragisch; ich komme trotzdem von A nach B!"

„Klingt einleuchtend, aber nicht einleuchtend genug!"

„Dann kann ich dir auch nicht helfen", sagte das Kriechtier und wanderte davon.

Fridolin hatte nicht damit gerechnet, auf Antworten zu stoßen, die er nicht auf sich übertragen konnte. Ist das Glück nicht ein fester Wert, ein einziges Gefühl, ein nicht übertragbares Bild, dachte er bei sich. Oder musste er sich wirklich von seiner Vorstellung von Glück trennen? Es half nichts, er musste und wollte weiter. Die Blumen wurden weniger und er traf auf einen Tümpel. Dort bewegte sich etwas und er vernahm ein Quaken. Das machte ihn neugierig. Als Fridolin näherkam, sah er zwei Frösche. Der eine saß noch auf dem anderen, doch sie kamen langsam zu einem Ende. Zuschauen wollte er da nicht, und stören wollte er schon zweimal nicht. Erschöpft lagen die beiden nun im Gras. Einer der Frösche erblickte Fridolin. Dieser wollte gerade seinen Weg fortsetzen, als der Frosch ihn fragte:

„Was machst du hier?"

Fridolin schwieg dazu nur. Dann meinte er:

„Ich suche das Glück!"

Die Frösche schauten sich an und meinten ohne sich abzustimmen:

„Glück! Was ist Glück, wo hört Glück auf und wo fängt es an? Dass wir uns lieben dürfen, ist unser größtes Glück! Doch sag, was ist für dich Glück?"

Fridolin verzog das Gesicht. Das konnte nicht sein. Er stellte hier die Fragen und nicht die Frösche. Doch diese schienen keine Lust mehr auf ein weiteres Gespräch mit Fridolin zu haben und sprangen davon. Da saß er nun auf einem Strauch und war so schlau wie vorher. Die Sonne meinte es gut mit ihm, und als ein Sonnenstrahl ihn wärmte, begann er erneut über die Frage des Glücks nachzudenken.

Die Minuten gingen und kamen nicht wieder. Da sprach ihn jemand an. Es war ein Maikäfer:

„Dir scheint es gut zu gehen!"

„Bedingt!"

„Warum?"

„Ich bin auf der Suche nach dem Glück!"

Der Maikäfer lächelte. Was hatte das zu bedeuten? Konnte er mit dieser Frage mehr anfangen als Fridolin?

„Irgendwie und Irgendwo sucht das doch nicht jeder von uns! Doch Glück ist für jeden anders. Dieser Begriff reicht wohl von A wie Auto bis Z wie Zufriedenheit und selbst das Göttliche beeinflusst das Glück. Zudem sind wir, obwohl es keiner zugeben will, uns oft selbst am nächsten. Glück ist für mich auch, wenn du das, was dir gerade fehlt, was du im Moment brauchst, nach dem du dich sehnst, dann vielleicht auf irgendwie göttliche oder auch auf magische Weise bekommst! Doch ich muss weiter, ich habe eine Verabredung mit meiner Geliebten." Sprach es aus und flog auf und davon.

Das fand Fridolin gar nicht nett von dem Maikäfer, ihn einfach so sitzen zu lassen. War das schönste der Gefühle nicht für alle da? Doch Samt und Seide fühlte sich anders an, sinnierte er, als ein sinnlicher Duft ihn aus seiner Lethargie riss. Fridolin war ganz hin und weg; unmöglich, der Sache nicht auf den Grund zu gehen. Fridolin setzte zum Sprung an und hob ab. Da tauchte vor ihm ein Netz auf, das Netz einer Spinne. Plötzlich spürte er einen Luftzug, der ihn etwas von der geraden Linie abkommen ließ. Das nahm er aber gar nicht wahr. Das Spinnennetz kam näher und näher. Sollte es das gewesen sein? Er sah schon den letzten Augenblick seines Daseins gekommen, als er es dann doch noch durch wilde Verrenkungen schaffte, haarscharf sich nicht im Spinnennetz zu verfangen! Zudem hatte er ein zweites Mal Glück, da er weich landete, nachdem er sich ein paar Mal überschlagen hatte. Der Blütenkelch einer Blume meinte es gut mit ihm und fing ihn auf, trotzdem raste noch immer sein Herz, nur allmählich beruhigte er sich. Dann hörte er eine Stimme, die leicht genervt klang:

„Wie viele Schutzengel hast du eigentlich? Mein Gaumen befand sich schon im siebten Himmel der Vorfreude, doch anscheinend sollte es nicht sein. Nur eines noch, gefällt dir mein

Spinnennetz? Du musst wissen, ich bin der größte Künstler weit und breit!"

Fridolin war das egal, völlig egal, hier ging es um Sein oder Nichtsein. Er beobachtete die Spinne, doch da ihn ihr Blick fast zu verschlingen drohte, hüpfte Fridolin auf und davon, ohne Netz und doppelten Boden.

Als dann ein dunkler Schatten über ihm auftauchte, war er immer noch in sich gekehrt. Doch als dieser bedrohlich näherkam, war es eigentlich schon zu spät, sich noch zu retten. Der Schatten stach herab und beendete nicht sein Leben, sondern setzte sich auf einen Strauch neben ihm. Fridolin hatte den Storch gar nicht bemerkt. Jetzt jedoch nahm Fridolin das Tier wahr und riss die Augen weit auf. Er warf noch einen Blick auf den Vogel, dann einen dritten, der ihn fast zu Boden stürzen ließ. Unter heftigem Gezappel fand er wieder das Gleichgewicht. Der Mund stand ihm offen, dann sprach er verzweifelt:

„Bin ich nun dem Tod geweiht?"

„Normalerweise schon! Aber an Tagen wie diesen hast du Glück. Ich bin satt und mein Magen ist voll! Doch mein Gefühl sagt mir, du suchst, ohne zu finden!", bemerkte der riesige Vogel.

„Woher weißt du das?"

„Sage einfach dazu Intuition und Inspiration!"

„Dann kannst du mir sicher sagen, was Glück ist!"

Der Storch schaute ihn an. Wie gut kannte dieses Tier sich selbst? Hatte dieser Laubfrosch schon eine Reise zu sich selbst unternommen? Vielleicht, doch war das wesentlich? Der Storch wusste es nicht, und das Recht des Storches, über den Laubfrosch zu urteilen, war ihm fremd. Der gefiederte Geselle meinte nur:

„Glück ist so verschieden wie das Individuum. Einzigartig und nicht übertragbar. Du, nur du kannst diese Frage beantworten, sonst keiner!"

Dann schwang sich der Storch in die Lüfte und flog davon. Fridolins Beine wurden schwer, und er ließ sich in den Blütenkelch der Blume fallen und ließ seinen Gedanken freien Lauf. Plötzlich glaubte er Stimmen zu hören, ganz zart und ganz fein. Ein Engelsgesang! Doch es war ein Kind mit dem Großvater. Der Junge stellte dem Großvater mit dem grauen Haar eine Frage, die Fridolin bekannt vorkam, worauf dieser antwortete:

„Glück habe ich empfunden, wenn ein Gefühl mein Herz, meine Seele berührt hat!"

„Und was hat deine Seele, dein Herz berührt, Großvater?"

Doch dann wurde es still, so still, dass man eine Stecknadel in einen Heustadel hätte fallen hören können.

Fridolin war ausgezogen, um eine Antwort auf seine Frage zu finden, doch diese Frage prallte wie ein Bumerang immer wieder zu ihm zurück. Fridolin merkte, wie müde und erschöpft er sich fühlte. All seine Energie hatte er in sein Begehren gelegt, doch die Frage blieb so stehen, wie sie war. Mit der Zeit wurden ihm die Augen schwer und er schlief ein. Sein Traum nahm ihn mit auf eine Reise zu sich selbst, und wenn er Glück hat, schenkt ihm das Göttliche vielleicht mehr als einen nächsten Morgen.

Eine Geschichte über die Zeit

Wieder einmal wurde der Moment, der Zauber des Augenblicks vergessen. Die Vergänglichkeit der Nacht verlor sich an den Tag, und Glück und Pech nahm ihren Lauf. Dann kam es, wie es schon immer war, die Zeit scherte sich nicht um den Menschen, der Mensch in diesem Fall jedoch lebte so weiter, log sich selbst etwas vor, nur um nicht aufzufallen und nicht gegen den Strom zu schwimmen; und ging den alten und bekannten Weg. Das eigene Ich und das andere Du trat man mit Füßen. Doch wie lang würde das gut gehen? Das wollte die Zeit nicht wirklich wissen. Als die Zeit aus einem Silberstreif am Horizont heraus den Menschen sah, als sie sah, wie er mit ihr umging, weinte die Zeit heimlich lautlose Tränen.

Erst als sie als ein Regentropfen auf den heißen Asphalt fiel, bemerkte dies so manche menschliche Kreatur und sah genauer hin, begann sogar vorsichtig, Gewohnheit zu hinterfragen. Doch als es um das eigene Ego ging, sah es wieder ganz anders aus. Die Chance wurde zur Einsamkeit ohne Namen, bis es so mancher ließ, andere gingen ihren Weg mit Bedacht und mit Demut. Denen, die es ließen, wurde von der Zeit keine

Beachtung geschenkt; andere, die nach oben strebten, schoben vieles beiseite und ließen Wesentliches rechts und links liegen.

Nur wer noch den Zug der Liebe erwischte, wer, bevor dieser abfuhr, sich noch eine Geliebte angelte, bevor das Jetzt und das Hier ihn zum zweiten Sieger machten, bekam eine Chance. Ansonsten verpuffte die eigene Verantwortung für das eigene Leben im Irgendwo und im Irgendwie. Doch vielleicht hatten die Jahreszeiten mehr Gefallen an der Zeit, oder vielleicht ist die Sekunde das Kind der Minute und die Minute das Enkelkind des Tages. Alles schien aufeinander angewiesen zu sein, ohne es aussprechen zu können. Deshalb ließ die Zeit nicht lange auf sich warten und hetzte auch nicht.

Die Zeit schien die eigene Zeit zu stützen; klar und eindeutig. Doch eines Tages vervielfältigte sich so mancher Gedanke, entrümpelte die allerkleinste Sekunde, heftete sich an Wolken und flog mit ihnen in Raum und Zeit. So ging es an Wasserfällen vorbei, der Wind zog über die Dächer von so mancher Stadt, Augenblicke verloren sich mitten in Festveranstaltungen, rochen den Geschmack der Gezeiten und legten sich kurz ins Gras, um den Sinn des Lebens und die Zeit zu vergessen.

Ausruhen, warum sollte sich das Glück nicht mal ausruhen, das Glück der Zeit ist ein Geschenk ohne jegliche Verantwortung.

Steht es doch in den Sternen geschrieben, die Vergänglichkeit des Seins, und selbst die Zeit dachte für sich, dass die Dummheit auf der Erde wohl niemals auszurotten sei. Doch die Zeit erreichte einen Wald, wo sich Baumleichen neben frischen, einjährigen Buchen der Sonne entgegenstreckten. Grün überzogene, lautlose Vergänglichkeit, dampfende, rauchige Nebel, unheimlich singende Laute mischten sich ohne Worte mit ein. Konnte die Erde wirklich vom Menschen abhängig sein? Auf einmal küsste der Wind ganze Samensträge und schleuderte diese weit um sich. Alles hielt den Atem an und selbst der Sonnenstahl lächelte dazu. Irgendwo hörte man dann eine Stimme raunen, die sich nicht zeigte:

„Hast du nichts Sinnvolleres zu tun, als dem Anschein einen Anstrich zu geben?"

Die Zeit lief einfach unbeirrt weiter; und ein Wunschgebilde, das zu einem Bild ohne Namen wurde, bewegte sich hin und her, malte ein feuerrotes Gesicht. Der Ruf eines Vogels durchbrach die Stille, der Schatten blieb regungslos stehen und das Bächlein plätscherte munter weiter, in der Entfernung lagen nur wenige Augenblicke. Manchmal ein Reh, das sich auf der Lichtung zeigte, doch immer wieder Bilder für die Ewigkeit und so wurde der Blickwinkel begrenzt und ein Vergrößerungsglas unbekannt.

Irgendwann wurde das Herz hart und verlief sich im Garten der Gelüste. Doch eine verlorene Seele nahm allen Mut in sich zusammen, hob den Kopf und brüllte in den Wald:

„Kannst du mir sagen, was ich mit dir anfangen soll? Hör auf und stell mir nicht immer Fallen, ich will mit dir reden!"

Doch die Zeit dachte nicht im Traum daran, sich zu offenbaren. Eine Spinnwebe wurde von der Sonne beschienen, eine Schnecke scherte sich nicht um die Zeit und eine Ameise tat immer nur das Gleiche, ohne von der Zeit zu wissen, sie ahnte diese nur. Wie abhängig war die Zeit nun wirklich und wie abhängig der Mensch? Die Zeit brachte sich immer und immer wieder ins Spiel, als die Sonne Minute für Minute höher stieg. Der Wind, der sich mit jedem Atemzug drehte und nicht stillstand, dann wieder tief versunken sich zwischen Weizenfeldern und Häuserschluchten verlief, sang seine Melodie. Sich dem Biorhythmus der Zeit anzupassen, den Zauber der Verletzlichkeit in einen Rahmen zu legen, das konnte so manches menschliche Wesen gut. Doch gemach, der Zeit fiel diese Untätigkeit im ersten Moment gar nicht auf, weshalb sie sich verzog, das Gestern vergaß und an das Morgen noch nicht dachte, und sich weiter auf den Weg begab, um den Gedanken Raum und Zeit zu geben.

Dann liebkoste die Zeit eine Wiese, die sich lieblich an einen Berghang schmiegte. Bienen verzauberten mit ihrem Summen, ein besonderes Licht lag über allem, Pflanzen Hüpfer und Libellen beteiligten sich an diesem Spiel. Keines dieser Tiere hatte das Bedürfnis, schneller zu sein als die Zeit, keines fragte, ob es genug Zeit sein würde. Zeitfenster entstanden, und keiner konnte sie fassen. So suchten sie alle den Himmel, die Zeit inbegriffen.

„Gibt es ein Recht darauf, die Zeit zu erfahren?"

Bienen flogen davon und Hornissen nahmen ihren Platz ein. Auch ein Regenwurm schaute nach vorne. Der Blütenkelch hatte sich schon geöffnet und hoffte auf mehr. Doch auch die Blume schien plötzlich eine Gefangene der Zeit geworden zu sein. Dann trieb die Sekunde den Moment in das Unermessliche. Doch keiner sang ein Liebeslied, alle machten nur einen Hofknicks, um kurze Zeit später wieder zu klingen, als wäre er oder sie das Größte. Die Zeit fühlte nicht einmal, die Zeit zeigte allen Waldbewohnern die kalte Schulter. Die Zeit, glaubte mancher zu wissen, könne er anhalten. Sollte die Zeit gar zeitlos durch alle die Wunder, die sich der Zeit offenbaren, gehen? Die Zeit verfing sich erneut in ihrem eigenen Räderwerk. Man kannte den Horizont, man kannte Blicke. Umrisse von Figuren und Strömungen, Ahnungen; eisbedeckte Spitzen von Bergen, Wege des Vergessens und des Behaltens, doch die Zeit wollte sich nicht einmal sehen. Engel glaubten an Naturlandschaften, Trichter von Versuchungen taten sich auf, die Neugierde küsste Evas Rippe und alles schien sich zu drehen, immer schneller, immer weiter. Herzschläge legten sich wie Gewehrkolben an eine Brust, Lebenslinien wollte keiner mehr lesen und die Tragweite der Zeit schob man beiseite.

Wie Nadelstiche lag Hoffen und Bangen beieinander, so dass sie sich erneut aus dem Staub machte. Doch dann entdeckte die Zeit den Schwindel der Menschheit und das Getriebene in jedem Augenblick ihres Seins, und der Schwindel wurde irgendwann so groß, dass alles in sich zusammenbrach, ohne auch nur einen Laut von sich zu geben. Erneut brüllte die Zeit los:

„Nun sag mir endlich, was soll ich mit so viel Zeit denn noch alles anfangen?"

Das Göttliche im Kern aller Dinge schien von der Aussage erschüttert, als der Wind durch ein Kanalrohr pfiff. Die Wolken hatten sich schon versammelt und die Zeitspanne wurde zur Kunst, als ein Bussard durch die Lüfte kreiste. Dann glaubte die Zeit sich selbst zu hören:

„Der richtige Umgang mit der Zeit ist eine Kunst. Zeiträume geben Einsicht und Ansicht, aber nur mit Weitsicht wird die Zeit Früchte bringen. Zeit ist leben, Zeit ist Rückgrat, selbst wenn ein Stern des Lebens einmal nicht leuchtet!"

Ein Gedanke schob sich ihr ins Bewusstsein, den klingt das vielleicht zu einfach und kompliziert zugleich, denn ist uns nicht auch die Zeit fremd, wenn wir uns selbst fremd sind!

Ein Fuchs lief streunend durch den Wald; einem Nussbaum fiel es schwer, sich zwischen zwei mächtigen Eichen den Weg nach oben zu bahnen und das Ölfass schien hier fehl am Platz, der Zeit sagten alle diese Gegebenheiten nichts. Die Zeit legt sich einfach mit niemandem an, die Zeit schreit auch niemals laut um Hilfe! Die Ameise trug noch immer schwer, dem Waschbär war dies egal. Für ihn war Mittagszeit. Es war nicht relevant für den Grashalm, aber für manche Tiere des Waldes eben schon. Die Zeit trottete weiter, gleichmäßig und unaufhaltsam. Erschrocken schaute sich die Zeit um, erneut schien sie sich zu vergessen, erneut schien sie nicht Herrin ihres eigenen Willens zu sein. Ob wahrgenommen oder nicht, man schien ihr die Grundlage unter den Füßen wegzuziehen und der Bach schien einen Umweg in Kauf zu nehmen, obwohl der gerade Weg immer der kürzeste ist. Darüber ärgerte sich der Augenblick, und die Zeit wurde schon mal fuchsteufelswild:

„Wo bleibe bitte schön ich?"

Die Zeit wusste nicht so recht, ob sie zurückschauen sollte. Sie erschien zumindest gestreift, als ein Sonnenstrahl sich nicht lumpen ließ und sie beleuchtete. Gab es sie überhaupt, die Zeit der Versuchung, oder war es ein Hinterhalt? Schnellzüge rasen, ohne auf den Himmel zu achten, Wahnsinnige werden von der Vernunft getroffen und Schlüssellöcher werden übersehen, die Zeit würde so schon Augenblicke später lautlos bitten, die Zeit hatte ihr nicht mal einen Spielraum gelassen. Was blieb; waren der Keim, der Samen, und der Moment. Aber diesen verstand die Zeit ja noch weniger wie den Augenblick. Doch die Minute ließ nicht los, als sie gerade einen Augenblick verführte.

Doch was war nun das Salz in der Suppe, die Sekunde, die Minute, die Stunde, die Zeit, so kam es ihr vor, war genauso schlau wie vor ihrer Reise. Deshalb ließ sie es sein, die Zeit stand nun zu ihrem Fluch und Segen zugleich und ließ sich treiben, treiben in Raum und Zeit!

Von einer Brücke über den Fluss

Die Landschaft glich einem Bild, als wäre sie von einem Maler gemalt. Die Hügel waren so sanft und lieblich, dass einem warm ums Herz wurde. Das Delta, wo der Fluss ins Meer floss, war bei Hochwasser regelmäßig überschwemmt.

Doch zurzeit war der Stand der Pegel weit unter normal, und so wollte man die Zeit nützen. Die alte Brücke, die die beiden Flussufer verband, war bei einem Brand völlig zerstört worden, und da der nächste Übergang eine ganze Tagesreise entfernt war, wollte man nun nicht mehr länger warten. Pläne gab es schon lange, die nun zur Einsicht auslagen. Zudem gab es auf halbem Wege einige Inseln, die sich anboten, diese im Brückenbau zu nutzen und dort Stützpfeiler zu errichten. Doch noch sprengten diese Vorschläge den finanziellen Rahmen. Bei der Abstimmung über das Wie war anwesend, wer was zu sagen hatte, und so entschied man sich nach langen Hin und Her; um Kosten zu sparen und schneller fertig zu werden, gegen diese Möglichkeit. Ein Bürger des Landes jedoch machte sich über dies alles seine eigenen Gedanken. Er wohnte nur ein paar Kilometer weiter. Eine Brücke an sich fand er gut, doch auch er sah die Pläne, zudem hatte er Architektur studiert. Eine einzige große Brücke, in dieser Länge und ohne wenigstens die Mitte zu stützen; wie ein Blatt im Wind; aus dem Boden gestampft, konnte das wirklich gut gehen? Hören wollte man ihn dazu nicht; doch auch den Verantwortlichen blieb nicht verborgen, dass die Pläne wenig durchdacht waren. Alles ging nun seinen Gang, und dann kam er, der Tag X, an dem der große Brückenbau begann. Manche verloren bei der Arbeit ihr Leben, andere wurden wie Helden gefeiert und so verging Tag für Tag. Irgendwann jedoch war der große Moment gekommen. Nach dem letzten Handgriff, dem Aufstellen eines Kreuzes, wurde die Brücke von einem Priester offiziell eingeweiht. Es wurde 24 Stunden lang gefeiert, und so mancher Krug wurde geleert. Am nächsten Tag ging man den täglichen Dingen des Lebens nach, und die Brücke wurde zu einer einzigen Selbstverständlichkeit. Da sie nun mal da war, gab es ja nichts mehr zu tun, wie jeder glaubte.

Eines Tages wollte es das Schicksal so, dass jener Mann, der von Anfang an seine Zweifel gehabt hatte und ein paar Kilometer flussabwärts wohnte, den Hauptverantwortlichen für den Bau der Brücke traf und mit ihm ins Gespräch kam. Auf seinen Einwand hin, dass die Brücke auf Dauer nicht tragfähig sei, meinte dieser nur: „Ach wo, die Brücke ist für die Ewigkeit!"

Die Aussage machte den Mann nachdenklich. Seine Gedanken schweiften ab. Sollte man sich nicht entgegengehen, aufeinander zugehen; zum Teilen bereit sein? Bedeuteten Freundschaften nicht Arbeit und immer wieder Arbeit, doch was hatte die Brücke damit zu tun? Wenn der Weg zu lang ist, vielleicht sollte man auch einmal innehalten und sich eine Pause gönnen? Würde man Freundschaften pflegen, wie man die Brücke gebaut hatte, würde das sicher nicht gut gehen. Die Brücke ließ ihn vorerst nicht los. Irgendwann kam es dann, das Wasser, und irgendwann war es so viel, dass man sich vor den Fluten in höher gelegene Gebiete retten musste. Doch damit nicht genug; irgendwann brachten die gewaltigen Wassermassen die Brücke zum Einsturz.

Als sich die Kunde von der Zerstörung der großen Brücke durch die große Flut im Land wie ein Lauffeuer verbreitete, war das ein Schock. Menschen jeglichen Alters kamen angerannt und schauten voll Entsetzen zur anderen Seite des Flusses hinüber. Wie sollten sie jetzt nur die Freunde auf der anderen Seite des Flusses besuchen, wie den Ochsen, wo man sich doch schon mit dem Bauern auf der anderen Seite einig war, an den Mann bringen? Keiner wusste darauf eine Antwort, aber es wurde nach Ursachen und Gründen für das Unglück gesucht.

So geschah es, dass der Mann mit seinen Fachkenntnissen in Statik gehört wurde. Als das Hochwasser weit genug zurückgegangen war, baute man eine neue Brücke, diesmal nach seinen Plänen. Die Brücke bestand aus mehreren Teilbrücken, hatte Fundamente und Stützpfeiler, bei denen auch die Gegebenheiten vor Ort mit einbezogen wurden. Deshalb war jedes seiner einzelnen Bauwerke nicht nur ein Wort gewesen, und seine Brücken durch das Delta bzw. über den Fluss hatten diesen Namen auch verdient. Und dennoch musste für die Errichtung dieser grundsoliden Brücken nicht mehr Arbeit aufgewendet werden als für die eine große Brücke, die in den Fluten versunken war. Als sich dann wieder alles zur Zufriedenheit aller gefügt hatte, feierte der Mann auch kein Fest; er dankte dem Fluss und legte sich, mit stillem Frieden in seinem Herzen, mit den Sternen der Nacht und seiner Frau in den Armen schlafen.

## Der Moment

Der Moment wird zur Poesie, wo Fragen zu Glück werden und die Schwere und das tiefsinnige Aufbegehren ein Ende hat; wo Bilder den goldenen Kompass der Phantasie beflügeln und Blüten der Sinnlichkeit Herzschlagbrücken und charmanten Sanftmut in die Weiten ihrer Hemisphären legen.

Diese pflücken sie mit der Sonne des Lächelns, sodass die freigelegten Gefühle der Leere in die Seele führen, ihre sinnliche sowie leidenschaftliche Richtung und die poetischen Zutaten Honigriechende Gänseblümchen entstehen lassen und die Einsamkeit durch eine wohltuende Wärme und ausnahmslose Nähe ersetzt wird.

Dann wird die Rose der Ewigkeit zu einem Kleid, wo sie die Sinnlosigkeit hinter sich lassen und dass Märchen ein gelebter Traum wird, wo das Herz und die Seele von Schmetterlingen der Liebe versorgt werden. Denn von nun an gehen sie gemeinsam einen Weg, geben sich in Fleisch und Blut, folgen ihren inneren Stimmen und vernetzten die Kraft der Gefühle mit dem Feuer der glutroten Sonne, deren hell leuchtender Schein ihre salbungsvollen Worte in den siebten Himmel ihrer Blicke schießt!

Dort definieren sie Raum und Zeit neu und begehren sich wie die Blume das Licht, wie die Pflanze das Wasser und erkennen sich selbst. Irgendwann erreichen sie ein Land, das ihren Namen trägt und sich tief in ihre Herzen gräbt!

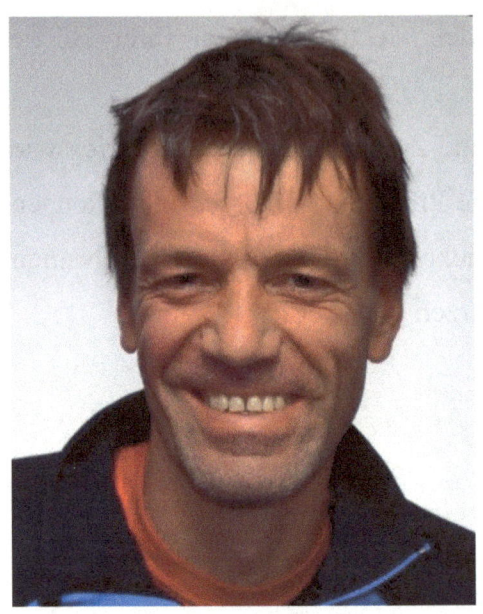

Im selben Verlag ist vom Autor bereits der Gedichtband „Perlenkette" erschienen.

Der Autor wurde am 06.04.1968 in Neustadt/Aisch in Mittelfranken geboren und lebt seit 2005 mit festem Wohnsitz in Österreich.

Nach der Pflichtschule mit qualifizierenden Hauptschulabschluss machte er eine Ausbildung zum Schreiner, bevor er 2000 in Rosenheim zum Masseur und medizinischen Bademeister umschulte; mit Nostrifizierung Heilmasseur!

In seiner Freizeit ist er gerne in der Natur; liebt Skitouren, Hoch- und Eistouren; auch Eisklettern und tanzt vor allem Bayrisch, Polka, Walzer, aber auch Fox für sein Leben gern!

Zeitfracht Medien GmbH
Ferdinand-Jühlke-Straße 7
99095 Erfurt, Deutschland
produktsicherheit@kolibri360.de